Geschichten aus Schleswig-Holstein

1922–1995

Boy Lornsen

# Geschichten aus Schleswig-Holstein

Ein Lesebuch mit einem Nachwort von Walter Jens.
Für die Söl'ring Foriining

Herausgegeben von Frank Trende

BOYENS

Abbildungen:

Umschlag-Zeichnung, Unterschrift, Foto und Handschriften aus dem Nachlass von Boy Lornsen, Privatbesitz, Keitum auf Sylt
Die Wiedergabe des Umschlags von „Robbi, Tobbi und das Fliewatüüt“ mit einer Zeichnung von F. J. Tripp erfolgt mit freundlicher Genehmigung des K. Thienemann Verlags, Stuttgart

BOYENS
BUCHVERLAG

ISBN 978-3-8042-1223-7

Herstellung: Boyens Buchverlag
Gestaltung: Jennifer Jablonsky
Druck: Boyens Offset

Printed in Germany

# Inhalt

Margot Lornsen gewidmet

TR
Boy Lornsen
Robbi, Tobbi
und das Fliewatüüt
THIENEMANN

Frank Trende

# MIT ROBBI, TOBBI UND DEM FLIEWATÜÜT FING ALLES AN – ERINNERUNGEN AN BOY LORNSEN

## I.

Boy Lornsen kannte ich schon lange. Meine frühesten Erinnerungen an ihn sind Kindheitserinnerungen. Oder besser noch: Kindheits-Fernseh-Erinnerungen. Wie viele Kinder der Baby-Boomer-Geburtsjahrgänge der 1960er Jahre habe ich eine Vorstellung davon, was es alles gibt auf der Welt, über den Fernseher vermittelt bekommen. Die *Kinderstunde* im deutschen Fernsehen war ein wahrer Kinder-Kosmos. Wir haben mit Daktari, dem Tierarzt Dr. Marsh Tracy und seiner Tochter Paula von der Wameru-Station den afrikanischen Busch durchstreift auf der Jagd nach fiesen Wilderern. Dabei haben wir gelernt, dass man einen schielenden Löwen nicht zu fürchten braucht. Wir sind über sieben Cellophanmeere der Augsburger Puppenkiste gekreuzt, haben Lummerland und König Alfons den Viertel-vor-Zwölften, den milden Herrscher des Inselreichs, samt seiner Handvoll Untertanen ins Herz geschlossen und gelernt, dass nicht jeder, der wie ein Riese aussieht, auch ein Riese ist. Wir haben wilde Abenteuer bestanden zu Lande, zu Wasser und in der Luft mit *Fury* und *Flipper*, *Skippie* und *Lassie* und dabei gelernt, dass Tiere manchmal die besseren Menschen sind. Und wir haben den jungen Erfinder Tobias Findteisen, genannt Tobbi, ROB 344-66/IIIa, genannt Robbi, und das Fliewatüüt bestaunt und gelernt, dass man technische Dinge verstehen kann, auch wenn man nichts von Technik versteht.

Die Fernseh-Fortsetzungsgeschichte *Robbi, Tobbi und das Fliewatüüt* wurde im Jahr 1972 erstmals in der ARD ausgestrahlt, Drehbuchautor und Regisseur war Armin Maiwald, der ein Jahr zuvor mit der *Sendung mit der Maus* eine echte Kinder-Kultsendung initiierte. Die Geschichte, in der der kleine Tobbi aus der dritten Klasse und der Roboter Robbi aus der dritten Roboterklasse mit dem himbeersaftbetriebenen, fliegenden, fahrenden und schwimmenden Fliewatüüt auf Reisen geschickt wird, um knifflige Fragen zu lösen und mit Klugheit und List abenteuerliche Situationen zu bestehen, war mein Boy-Lornsen-Ur-Erlebnis und hat mich nachhaltig beeindruckt.

## II.

Das Buch zum Fliewatüüt-Film wurde für mich zum Teil meines eigenen Bücher-Kernbestandes. Und es sollten noch andere Lornsen-Bücher dazukommen. Denn aus den weiteren Erzählungen, die ich von ihm las, empfing ich Signale, die meine erwachende Öko-Antenne bereitwillig aufnahm: In *Jakobus Nimmersatt oder: Der Millionenwald von Poggenbüttel* sind es, ähnlich wie in Erich Kästners *Die Konferenz der Tiere*, die Vierbeiner und Zweiflügler, die die Menschen zu ihrem Glück zwingen: Der pfiffige Rabe Jakobus Nimmersatt organisiert die Tiere des Waldes gegen die Menschen und verhindert so, dass der ganze Wald des schnellen Geldes wegen abgeholzt wird. Das Buch, das sich vor allem in Japan zu einem außerordentlichen Erfolg mauserte, war für mich die erste Begegnung mit einer Bürgerinitiative – wenn auch einer tierischen –, die für ökologische Ziele eintrat. Diese Geschichte ist gerade in unseren Tagen der Globalisierung und Ökonomisierung nahezu aller

Lebensbereiche von bestürzender Aktualität. In den drei *Williwitt*-Erstlesebüchern erkannte ich meine eigene Umgebung wieder, die kindliche Lebenswelt an der Nordseeküste. Hier geht es um Sturmfluten, um die Krabbenfischerei und um die Vogelinsel, der das Naturschutzgebiet Trischen vor Friedrichskoog als Vorbild diente. Mit *Ferien im Storchendorf* wirbt der Autor für den Lebensraum der Störche in Bergenhusen und anderswo. Und auch in *Traugott und das Wildschwein* fand der Jugendbuchautor Boy Lornsen die richtigen Worte zu der sich weiter verschärfenden Umweltproblematik: *„Gott hat den Menschen zum Herrn gesetzt über Pflanze und Tier, über Wasser und Luft. Aber er will, dass wir sorgsam mit seiner Schöpfung umgehen, sie pflegen, nichts verderben und vergeuden von dem, was er in unsere Hände gegeben hat. Darum lasst uns wie Bruder und Schwester sein zu Pflanze und Tier, zu Wasser und Luft. Auf dass unsere Kinder eine Zukunft haben."* – Erinnerungen an Boy Lornsen sind für mich auch Erinnerungen an erwachendes politisches Verständnis. Aber eben auch Erinnerungen an besondere Leseerlebnisse: Philosophisch angeweht mit *Die Möwe und der Gartenzwerg*, einer Freundschaftsgeschichte, die von Ferne an den *Kleinen Prinzen* von Saint Exupéry erinnert und eine wunderbare Antwort gibt auf die Frage, wie groß die Welt ist: *So groß, so klein, so weit, wie ihr denken könnt.*

Kriminalistisch angefeuert mit *Der Brandstifter von Tarrafal*, aus wechselnder Perspektive und fesselnder Spannung erzählt, einmal aus der Sicht des ermittelnden Brandkommissars und einmal aus dem Blickwinkel des verdächtigten 14-jährigen Markus. Völlig neue Seiten konnte ich *Störtebeker – Gottes Freund und aller Welt Feind* abgewinnen. Der Seeräuber kommt in diesem zeit- und altersgemäßen historischen Roman nicht heldenhaft entrückt daher, sondern menschlich-verständlich. In den drei *Nis-Puk*-

Bänden hat Boy Lornsen einem alten Stoff aus der friesischen Sagenwelt wieder neues Leben eingehaucht.

III.

Irgendwann stand nun in der Heimatzeitung, dieser Boy Lornsen, eigentlich Inselfriese aus Keitum, sei lange in Dithmarschen zu Hause gewesen, er habe in Brunsbüttel gelebt und in Marne sein Abitur gemacht. Natürlich hatten auch wir in Dithmarschen im Schulunterricht Gedichte und Geschichten gelesen, hatten Adjektive gezählt, Zeilen vermessen und Dichterbiografien in Referatsform vorgetragen. Auch in Marne. Aber dass es einen Schriftsteller gab, der sein Abitur an diesem Gymnasium, an unserer Schule gemacht hatte, damals im Krieg, im Jahr 1941, 41 Jahre vor uns: das hatte ich aus der Zeitung erfahren. Hatten wir einen Dichter als „Schulkameraden", noch dazu einen, der für Kinder und Jugendliche schrieb? Das passte: Schon während meiner Schulzeit arbeitete ich für die *Marner Zeitung* – spätestens in der Oberstufe war man irgendwie mit der Notwendigkeit konfrontiert, sich zu überlegen, *was man denn einmal werden will.* In jenen Jahren übten Schriftsteller einen eigentümlichen Biomagnetismus auf mich aus: Von der Telefonzelle in Dieksanderkoog-Süd aus, meinem Heimatdorf im größten geschlossenen Kohlanbaugebiet Europas, versuchte ich Schriftsteller zu interviewen. Mich bewegte dabei der noch nicht hundertprozentig konturierte Wunsch, eine Art literarischer Heimatkunde zu schreiben. Andererseits stellte ich mir eine spektakuläre Artikelreihe in der *Marner Zeitung* vor. Deshalb versuchte ich Friedrich Dürrenmatt in Neuchatel zu sprechen, rief ich Günther Grass in Wewelsfleth an, um ihn zur Aktualität von Georg Orwells *1984* zu befragen. Falls sich kein ergiebiges Telefonat ergab, setzte ich schriftlich nach: Ein handschriftlicher Fragenkatalog ging 1979 an Günter Kunert, der sich, aus der DDR kommend, zunächst in Itzehoe einrichtete. Für den vielbeschäftigten Walter Kempowski antwortete – zu meinem großen Bedauern – seine Frau per Postkarte: *Es ist meinem Mann zeitlich unmöglich, auf Deinen Brief jetzt einzugehen* ...Via Auslandauskunft erwischte ich schließlich die Postanschrift von Ephraim Kishon in Tel Aviv, an die flugs Dutzende Fragen – auf kariertes Papier gekrakelt – abgingen, die der Meistersatiriker in einer Postkarte zusammenfassend beantwortete: *Beste Grüße von einem sehr beschäftigten E. Kishon.* Mit anderen Worten: Meine Dichter-Interviews wollten nicht recht klappen.

## IV.

Nun war ich allerdings einem Schriftsteller auf den Fersen, der nicht nur dieselbe Schule besucht hatte wie ich, sondern einem, der auch noch in Dithmarschen zu Hause gewesen war und der sich sogar mit der Deutschen Bundesbahn erreichen ließ. Also galt es nur noch, den eigenen Mut zusammenzunehmen und einen richtigen Dichter anzurufen, ihn um ein Interview zu bitten als *Hobby-Schreiber – von der Schule in Marne – für die Lokalzeitung – vielleicht einen Bericht über einen Besuch?* Ja selbstverständlich, sagte Margot Lornsen, ginge ein Interview. Am besten in Keitum, Gurtstig 35. Wenig später saß ich nun mit dem Dichter und seiner Frau am großen, runden Tisch, und wir frühstückten. Meine karierten DIN-A4-Zettel mit den vorbereiteten Fragen – und Platz dazwischen zum Aufnotieren der Antworten – konnte ich getrost beiseite legen. Es gab eine muntere Unterhaltung, da konnte ich mit dem Aufschreiben nicht mithalten. Schnell wechselten wir vom *Sie* zum *Du.* Margot berichtete temperamentvoll Neuigkeiten von der Insel – zur Einstimmung auf eine nachfolgende Sylt-Rundfahrt. Boy erzählte aus seinem Leben: Über den Vater, den segelnden Kap-Hoorn-Fahrer, über die Kindheit in Brunsbüttelkoog an Elbe und Kanal, über die Schule in Marne, wo er auf dem Schulhof zu seinem Friesisch und Hochdeutsch auch noch Plattdeutsch gelernt hatte. Er erinnerte sich an den Krieg, an seine Zeit als Zimmermann – selbstbewusste Blicke um den Tisch herum: *Alle Holzarbeiten selbst gemacht!* Und schließlich sprach er über sein Schreiben und seine Bücher. Für mich überraschend: In seiner klaren, unverschnörkelten Sprache dichtete Boy Lornsen auch, schrieb Verse für Erwachsene. Etwa im Gedicht über den Floh und den Elefanten, in dem der starke Elefant sich halt aus einer Lampe ein Nadelöhr biegt, wenn er eines braucht. Er las mir Gedichte vor, in denen in erster Linie Tiere agieren und den Menschen einen Spiegel vorhalten, jedoch nicht die klassischen Fabel-Akteure Löwe, Esel, Rabe, schlauer Fuchs und armes, unschuldiges Lamm. Boy Lornsen wählte Tiere, die ich eigentlich etwas abseitig fand: das Hausschwein und den Weinbergschneck, Spinnen, Mücken, einen Tausendfüßler und einen Tintenfisch. Und doch können wir Menschen uns mit unseren Eigenheiten, Eigenarten und Eigenschaften in den Figuren wiedererkennen. So besehen konnte natürlich auch der *Jakobus Nimmersatt* als Kinder-Fabel gelesen werden. Und wie in seinen Kinder- und Jugendbüchern, so verzichtet Lornsen auch in den Fabelgedichten aus Boys Tierleben auf gelehrte Besserwisserei und den erhobenen Zeigefinger. Er zeigt uns seine Moral – oh ja, Moral! – mit Sprachwitz und Sprachmelodie, mit Rhythmus und Reim. Sein Mittel ist die List, ist der hintersinnige Humor, ist das schalkhafte Augenzwinkern, das verschmitzte, schlitzohrige Zwischen-den-Zeilen-Schreiben. Und dort darf man dann auch getrost lesen! Boy Lornsens Fabel- und Rätsel- und Nonsens-Gedichte sprühen vor Sprachwitz und erweisen den literarischen Ahnherrn, dem alten Griechen Äsop, dem Seemanns-Moritaten-Dichter Joachim Ringelnatz und dem karikierenden Fabel-Schreiber James Thurber alle Ehre!

## V.

Boy Lornsen hatte Freude an den Kindern. Ein Besuch bei ihm schloss mit einer Einladung zu einer Schul-Lesung – in Marne, wo sonst, und *dort könnte ich ja alles einmal miterleben ...*

Und tatsächlich: Welche Sorte Unterricht war denn das? Boy Lornsen stellte sich den Schülerinnen und Schülern auf Friesisch vor und erklärte ihnen anhand von schnell gezeichneten Skizzen die Lage seines Wohnortes auf der Insel, den Verlauf der schleswig-holsteinischen Nordseeküste und einige Eigentümlichkeiten vom Meer. Warum gibt es Ebbe und Flut? Warum darf man bei Nebel nicht aufs Meer segeln? Warum ist die Elbe grau? Seine Lesung war Heimat- und Sachkunde und Literatur- und Sprachunterricht gleichzeitig. Und Lornsen ermutigte die Kinder, es ihm in gleicher Münze zurückzugeben, was sie auch taten: Wie lange schreibt ein Schriftsteller an einem Buch? Und warum? Was ist ein Lektor? Wie wird aus einem Manuskript ein Buch? Wie arbeitet ein Schriftsteller? Das waren die Fragen, auf die auch ich seinerzeit Antworten erhoffte von Friedrich Dürrenmatt und Walter Kempowski und Ephraim Kishon. Nun bekam ich sie als Zaungast. Für die Schulkinder waren diese Unterrichtsstunden ein literarisches Erlebnis. Anstiften zum Lesen? Boy Lornsen hat gezeigt, wie es geht.

Boy Lornsen

# Erzählungen und Gedichte

Die Tante schläft im Himmelbett.
Doch hoch auf dem Gardinenbrett
da wachen noch drei Mücken,
die ihre Stachel zücken.

Links wacht Inka …
Rechts wacht Minka …
In der Mitte wacht Katinka.

Die Tante schläft. Jetzt hört man schon
am wohlbekannten Mückenton
wie sie mit hellem Sirren
um Tantes Nase schwirren.
Links schwirrt Inka …
Rechts schwirrt Minka …
In der Mitte schwirrt Katinka …

Die Tante schläft. Und das ist gut.
Drei Mücken saugen Tantenblut
mit langen Rüsselstangen
aus beiden Tantenwangen.
Links saugt Inka …
Rechts saugt Minka …
In der Mitte saugt Katinka …

Da! Plötzlich schreit die Tante: „Au!"
Klatsch! macht die Hand. Sie trifft genau –
sie trifft drei Mücken tödlich,
und alles färbt sich rötlich.
Links klebt Inka …
Rechts klebt Minka …
Auf der Nase klebt Katinka …

Ihr Leben war nur kurz.
Der Tante ist das schnurz.

## *Inka, Minka und Katinka*

*Die Tante schläft im Himmelbett.*
*Doch hoch auf dem Gardinenbrett*
*da wachen noch drei Mücken,*
*die ihre Stachel zücken.*
*Links wacht Inka ...*
*Rechts wacht Minka ...*
*In der Mitte wacht Katinka ...*
*Die Tante schläft. Jetzt hört man schon*
*am wohlbekannten Mückenton*
*wie sie mit hellem Sirren*
*um Tantes Nase schwirren.*
*Links schwirrt Inka ...*
*Rechts schwirrt Minka ...*
*In der Mitte schwirrt Katinka ...*
*Die Tante schläft. Und das ist gut.*
*Drei Mücken saugen Tantenblut*
*mit langen Rüsselstangen*
*aus beiden Tantenwangen.*
*Links saugt Inka ...*
*Rechts saugt Minka ...*
*In der Mitte saugt Katinka ...*
*Da! Plötzlich schreit die Tante: „Au!"*
*Klatsch! macht die Hand. Sie trifft genau –*
*sie trifft drei Mücken tödlich,*
*und alles färbt sich rötlich.*
*Links klebt Inka ...*
*Rechts klebt Minka ...*
*Auf der Nase klebt Katinka ...*
*Ihr Leben war nur kurz.*
*Der Tante ist das schnurz.*

## DAS WRACK VOR DER KÜSTE

Rudi Madsen starrt aus schmalen Augenschlitzen über die silbern funkelnde Wasserfläche.

Da liegt es!

Der Schornstein, ein stämmiger dunkler Balken, neigt sich erschöpft zur Seite. Zwei Jahre lang hat er den wütenden Angriffen der Wellen getrotzt. Der nächste Sturm wird ihn holen. So wie die Frühjahrsstürme die beiden Masten über Bord gewaschen haben, die noch im vorigen Herbst dürr und klagend in den Himmel zeigten. Ein toter Wal. So liegt das Wrack auf dem Sand, und die Flut steigt gierig an den Schiffsseiten empor.

Das ist gut. Nur so kann er die Bordwand erklettern.

Noch eine halbe Stunde, bis er da ist, schätzt Rudi. Großsegel und Fock zeigen pralle Bäuche. Ein fröhlicher Südwestwind schiebt die kleine Jolle voran. Die Segel sind alt und keine weißen Möwenflügel mehr. Aber das Holz ist gesund, und der Lack glänzt nicht schlechter als an einem neuen Boot. Rudi Madsen, zwölf Jahre alt, ist Kapitän und Besitzer. Und er fährt einem Abenteuer entgegen. Das zählt.

Zweimal hat er es schon gewagt. Zweimal musste er umkehren. Beim ersten Versuch zog ein Gewitter auf. Der Wind kam plötzlich, trieb die Wolken wie eine Schafherde zu einem Klumpen zusammen und jagte sie mit seiner Böenpeitsche nach Osten. Er konnte gerade noch rechtzeitig das Großsegel bergen und musste vor dem kleinen Focksegel wie auf einem wilden Mustang zurück in den Hafenpriel reiten. Beim zweiten Versuch war es umgekehrt. Auf halbem Weg schlief der Wind ein, und ohne Wind ist selbst eine flinke kleine Jolle ein Stück Treibholz, das von der Strömung gnädig mitgenommen wird.

Aber heute sieht die Sache gut aus.

Irgendein Andenken muss ich von meiner heimlichen Reise mitbringen, denkt Rudi. Ich muss etwas vorzeigen können. Sonst heißt es: Du willst auf dem Wrack gewesen sein? Erzähl uns keine Märchen, Rudi Madsen. Das musst du uns erst einmal beweisen.

Einen Beweis braucht er. Einen, den selbst sein Klassenkamerad, der misstrauische Benno Döbel, anerkennen muss. Ein Rettungsring wäre überzeugend. Ein gelber oder weißer Ring mit der Aufschrift ORION-ROTTERDAM. Aber den wird er wohl nicht mehr an Bord finden. Das Wasser hat längst alle losen Gegenstände aus dem Wrack herausgespült. Vielleicht lässt sich auf der Brücke oder im Ruderhaus noch irgendetwas auftreiben – ein Buch, eine Seekarte. Oder ein Messingteil aus dem Maschinenraum. Nein, der Maschinenraum wird wahrscheinlich voll Wasser stehen.

ORION hieß ein holländischer Frachtdampfer, den ein wütender Nordweststurm vor zwei Jahren bei dem Feuerschiff Elbe II auf die Sandbank warf. Und kein noch so starker Schlepper konnte ihn da herunterziehen. Nun ist ORION nur noch ein mastloses Wrack mit einem müden, schiefen Schornstein.

Die halbe Stunde ist um. Jetzt ist das Wrack riesengroß, verglichen mit einem Segelboot. Aber ein Segelboot ist voller Leben. Und da liegt ein Haufen zerbeultes, unnützes Eisen.

Wasser und Rost haben die Farben aufgefressen. Nur der Schornstein zeigt oben noch Reste von einem blauen Ring. Das Vorschiff ist versunken. Der gierige Mahlsand hält es umklammert und saugt es immer tiefer in sich hinein. Kleine Wellen tanzen heute auf der vorderen Ladeluke. Kommandobrücke und Ruderhaus, einst voller Geschäftigkeit, stieren aus leeren Fensterhöhlen. Ein totes Schiff. Nur das Geheimnis ist lebendig.

Rudi Madsen schluckt mit trockenem Mund. Aber dann schüttelt er die heimliche Angst ab, die Angst, die ihn warnen will, ein totes Schiff zu betreten.

Klar zum Manöver! ruft er sich selber zu. Keine unnützen Gedanken mehr. Zuerst muss er eine günstige Stelle zum Anlegen finden.

Leichtfüßig wie ein Terrier umkreist die kleine Jolle den Schiffsleichnam. Einmal und noch einmal. Um das versunkene Vorschiff zieht sie einen weiten Bogen. Einen Zusammenstoß mit scharfkantigen Eisenklippen vertragen die dünnen Planken einer Jolle nicht.

Aber Rudi Madsen wird beobachtet. Der Wachhabende auf der Brücke des Feuerschiffs presst das Doppelglas an die Augen.

„Nanu?“ murmelt er vor sich hin. „Was hat der kleine Flitzer an dem Wrack zu suchen?“

Er sieht, wie die Jolle elegant das hochragende Heck rundet, an der Schiffsseite vorbeischwebt, einen weiten Bogen um das versunkene Vorschiff zieht, hinter der abgewandten Bordwand verschwindet ...

Und ein halbwüchsiger Junge segelt das Boot!

„Alle Achtung! Mit seinem Boot kann der Bursche umgehen!“ brummt der Mann auf dem Feuerschiff anerkennend. „Aber ein sträflicher Leichtsinn, sich hier herauszuwagen ... Er taucht nicht wieder auf ... Was hat er vor? Er will doch hoffentlich nicht anlegen und an Bord klettern? Das wäre ein starkes Stück.“

Ja, Rudi Madsen will anlegen und an Bord klettern! Die richtige Stelle hat er sich schon ausgesucht – zwischen der zweiten Ladeluke und der Kommandobrücke wird er seine Jolle längsseits bringen. Dort ragt die Bordwand weniger als einen Meter aus dem Wasser heraus.

Um den Flutstrom braucht er sich nicht mehr zu kümmern. Das Wasser hat seinen höchsten Stand erreicht und ruht träge, um sich dann nach einer Viertelstunde wieder aus dem Trichter zwischen den Sänden herauszuwälzen.

Mit flatternden Segeln steuert Rudi sein Boot auf die rostrote Eisenwand zu. Herum das Ruder! Die knatternden Segel herunter! Die Fender ausgehängt! Die Leine fest! Viele Handgriffe, die rasch aufeinander folgen müssen. Das ist harte Arbeit für einen einzelnen Mann. Nun noch die Segel zusammenbinden. Sie dürfen keinen Wind fangen.

Rudi Madsen wischt sich den Schweiß ab. Geschafft! Jetzt kommt der große Augenblick. Rudi klettert an Bord. Was wird er entdecken?

Das starke Fernglas lässt den Abstand zum Wrack zusammenschrumpfen, und der Mann auf dem Feuerschiff sieht, wie der Junge über die Bordwand klettert und sich an der Reling entlang das schräge Deck hinaufhangelt.

Die hellen Augen des Mannes blicken besorgt.

Mit einer heftigen Bewegung setzt er das Fernglas ab.

„Dieser verflixte, leichtsinnige Bengel!“ ruft er laut. „Die Knochen kann er sich brechen. Na, warte ...“

Er dreht sich um und eilt mit langen Schritten in den Funkraum.

„Willi, wo steht der Seenotkreuzer?“

„Gerade eben aus Cuxhaven ausgelaufen“, antwortet der Funker. „Ist was passiert?“

„Und ob was passiert ist", sagt der Wachhabende ärgerlich. „Ein verrückter Bengel treibt sich hier draußen mit einer kleinen Jolle herum. Und dann ist dieser Bruder Leichtsinn auch noch auf das Wrack der ORION geklettert. Ich hab ihn durchs Glas beobachtet. Wir müssen ihn herunterholen lassen, bevor ein Unglück geschieht."

Der Funker nickt und zieht das Mikrofon zu sich heran.

„Feuerschiff ruft Seenotkreuzer RUHRSTAHL! ... Feuerschiff ruft Seenotkreuzer ..."

Das Deck ist glitschig, mit einer schmierigen grünen Algenschicht überzogen. Selbst die Gummisohlen seiner Segelschuhe finden keinen rechten Halt. Rudi muss sich an der Reling festhalten und voranarbeiten.

Das ganze Wrack scheint nur noch aus Rost zu bestehen. Rostflocken blättern von allen Eisenteilen. Rost färbt seine Hände braun. Geheimnisvoll ist hier vorläufig nichts.

Da ist sie endlich, die Treppe zur Kommandobrücke. Die Geländerstangen sind verbogen. Der Gummibelag hängt in Fetzen herab. In den Aufbauten sind alle Scheiben zerschlagen, und die Bullaugen haben gesprungene Gläser. Wie tote Augen blicken sie. Früher waren die Messingringe blankgeputzt und goldgelb. Jetzt sind sie von Grünspan überwuchert.

Neben der Treppe gähnt ein Loch. Das wasserdichte Schott, die Eisentür, fehlt. Verbogene Beschläge bezeugen aber, dass dort eine gewesen ist. Vielleicht blieb sie offen, als die Besatzung das Schiff damals hastig verließ, und die wütenden Wellen haben sie herausgerissen, weil sie ihnen den Weg versperrte.

Rudi überlegt und zögert. Soll er durch das Türloch ins Innere des Schiffes klettern? Soll er einen Blick in den Maschinenraum riskieren? Oder die Pantry, die Schiffsküche, aufspüren? Vielleicht findet er sogar noch einen heilen Teller oder eine Tasse mit dem Schiffsnamen ORION darauf ...

Er wagt es. Er steigt über ein hohes Süll auf einen abschüssigen Boden. Alles ist schief auf diesem Wrack. Lauter Schrägen. Nichts ist mehr waagerecht und nichts senkrecht. Jede Linie und jede Fläche verkantet. Und über allem lastet die Stille, die tote Schiffe bewacht ...

Rudi tastet sich in dem Winkel zwischen Wand und Boden durch die Gänge. Sehr vorsichtig bewegt er sich; auch hier drinnen ist es glatt, und der Boden zeigt bergab. In den Kabinen sind die Möbel zerschlagen und durcheinandergeworfen wie auf einem Müllplatz. Seine Schuhsohlen treten auf knirschende Glasscherben.

Eine eiserne Tür steht offen und gibt ein großes, ovales Loch frei. Rudi tritt auf ein Podest, umklammert eine runde Geländerstange. Das Eisen ist kalt. Eine Leiter führt nach unten ...

Soll er es wagen? Rudi Madsen nimmt all seinen Mut zusammen und steigt hinab. Er erreicht wieder eine Plattform, deren eiserner Gitterrost an kunstvolle Bienenwaben erinnert. Und wieder eine Leiter. Sie führt in eine dämmrige Tiefe hinab – in den Maschinenraum! Noch tiefer klettert Rudi. Noch immer riecht es hier nach schwerem Öl. Rohre greifen vielarmig in den Raum.

Und in der Mitte steht sie, stumm und riesig, von fettglänzendem, schwarzem Wasser umspült – die Maschine. Einst war sie das pochende Herz des Schiffes. Ihre Kraft konnte man durch alle Decks hindurch spüren. Jetzt ist sie nur noch ein unnützer rostroter Klumpen Eisen. Ein Schiffsherz, das nie wieder schlagen wird.

Ob die Männer tief unten im Schiffsbauch Angst hatten? Damals, als die Wellen den Schiffsboden immer wieder auf den harten Sand stießen? Als dieser Raum dröhnte wie eine Riesentrommel? Als alle Anstrengungen vergebens waren, alle Pferdekräfte der Maschine zu schwach, um die ORION zu retten?

Weiter nach unten wagt sich Rudi Madsen nicht. Und wenn er dort hundert Dinge finden könnte, die es mitzubringen lohnte. Denn da unten schwebt zwischen Öl, Wasser und Stahl immer noch die Furcht – die Furcht vor einem eisernen Sarg.

Rudi klettert so schnell er kann die Leiter hinauf. Nur raus aus dem Maschinenraum! Raus aus dem Dämmerlicht, das ihm die Luft abwürgt. Die Treppe nach oben. Und auf der Kommandobrücke oder dem, was von ihr übrig ist, kann er wieder richtig atmen. Himmel, Licht und Sonne machen die Angst klein.

Hier oben hat das Wasser noch stärker gewütet als im Schiffsinneren. Zerbrochene Scheiben, zertrümmerte Fensterrahmen, losgerissene Kabel, zersplittertes Holz. Nur Ruderrad und Kompasssäule stehen noch immer auf ihrem Platz, als sei ihre Wichtigkeit unzerstörbar. Als das Schiff noch lebte, ließ man sie nur allein, wenn es vor Anker oder fest am Hafen vertäut lag. Jetzt haben sie keine Aufgabe mehr. Keine Drehung am Ruderrad kann den Kurs der ORION mehr ändern. Der Kompass müsste noch die Nordrichtung anzeigen. Aber das kann er nicht mehr. Er ist ein Kreiselkompass. Und die Kreisel stehen still ...

Der Wind hat aufgefrischt, stellt Rudi fest. Das hilft ihm bei der Rückfahrt. Dann kann er, die Segel zu beiden Seiten wie Schmetterlingsflügel ausgestellt, den Ebbstrom totsegeln, und es bleibt noch ein guter Fahrtüberschuss.

Zuerst noch einen Blick über die Brückennock auf das Wasser. Dann will er ein Andenken, einen Beweis suchen. Viel Zeit hat er nicht mehr. Die Ebbe hat schon voll eingesetzt. Was macht das Boot? Kaum hat Rudi den Kopf über die Brüstung gestreckt, durchfährt ihn ein eisiger Schreck: Wo ist der Mast? Die Jolle! Meine Jolle ist weg! Rudi Madsen schreit es laut heraus.

Ist sie abgetrieben? Hab ich sie nicht richtig angebunden? Aber ich hatte doch ... Oder nicht? Die Gedanken jagen sich in seinem Kopf. Er hastet nach unten hin zur zweiten Ladeluke. Der Rost stiebt vom Treppengeländer. Weiter! Schnell! Hier lag sie! Sie ist weg! Weg!

Zurück! Rudi kämpft sich keuchend und stolpernd wieder auf das hochragende Heck hinauf. Von dort kann er das Wasser überschauen. In die Richtung zieht auch der Ebbstrom. Da muss er seine Jolle suchen ...

Und da ist sie! Ein-, nein schon zweihundert Meter entfernt treibt sie mit kahlem Mast davon! Die Strömung schiebt sie unerbittlich in die offene See hinaus.

Ins Wasser springen! Hinterherschwimmen! Die Überlegungen überschlagen sich. Nein. Geht nicht mehr! Der Abstand ist schon zu groß! Rudi krampft beide Hände um das Heckgeländer, so dass die Knöchel weiß hervortreten. Rudi verdammt seine Unvorsichtigkeit. Rudi Madsen weint. Er weiß, dass er jetzt hier draußen auf einer rostigen Eiseninsel gefangen ist, wenn ihm keiner zu Hilfe kommt.

Hilfe! Wie kann er die bekommen? Das Feuerschiff kann Hilfe bedeuten! Es ist nicht weit entfernt. Er muss sich bemerkbar machen. Schreien! Winken! Und Rudi winkt mit beiden Armen, lässt sie wie Windmühlenflügel über seinem Kopf kreisen. Rudi zeigt immer wieder auf das blinkende Wasser, dorthin, wo seine Jolle treibt. Rudi schreit, so laut er kann, und hofft, dass man ihn hört. Nur ein einziger Mensch braucht ihn zu hören – nur ein einziger!

So plötzlich, wie er damit begonnen hat, stoppt er auch seine Anstrengungen. Jetzt weiß er, was er zu tun hat: ein Feuer anzünden! Ölgetränkte Putzwolle, Lappen, Papier ... Irgendwas wird er schon finden. Und hier auf dem hohen Heck muss es brennen. Streichhölzer hat er in der Tasche. Feuer und Rauch wird man sehen. Bestimmt! Das Feuerschiff ist ja so nah ...

Rudi Madsen weiß nicht, dass man ihn schon lange gesehen hat. Viel länger, als er ahnt. Auch ohne Feuer und Rauch. Und er weiß auch nicht, dass die Rettung schon unterwegs ist.

Der Mann auf dem Feuerschiff hat alles beobachtet: das treibende Boot, den wild winkenden Jungen.

Der Mann kann sich gut zusammenreimen, was da drüben geschehen sein muss. Und er ahnt, dass der Junge Angst hat, man lässt ihn allein.

„Wenigstens weiß er sich zu helfen“, brummt er anerkennend, als er Rauch vom Heck des Wracks aufsteigen sieht. „Einen Denkzettel hab ich ihm ja gewünscht. Aber *diese* Angst – nein, bei Gott nicht!“

In diesem Augenblick zieht der Seenotkreuzer mit hoher Fahrt an dem Feuerschiff vorbei. Der Mann auf der Brücke hebt grüßend die Hand. Und der Mann auf dem turmartigen Aufbau des Kreuzers tut das Gleiche. Sie verstehen sich auch ohne Worte.

Ein weißes Schiff kommt auf ihn zu. Vorn auf dem Turm ein rotes Kreuz im schwarzen Kreisring.

Der Seenotkreuzer!

Rudi Madsen wirft beide Hände hoch. Alle Angst fällt von ihm ab. Man holt ihn. Er kennt diese starken Retter, ist ihnen oft auf der Elbe begegnet. Sie sind so gut ausgerüstet, dass sie mit allem fertig werden, es mit jedem Sturm aufnehmen.

Hundert Meter vor dem Wrack der ORION dreht der Seenotkreuzer auf, zeigt seine Breitseite, stoppt die Schrauben. Aus dem Lautsprecher dröhnt eine Stimme zu ihm herüber: „Bist du verletzt?“

„Nein. Mein Boot ist abgetrieben!“ schreit Rudi Madsen zurück.

„Steig vom Achterdeck herunter und warte an der Backbordseite. Wir holen dich mit dem Tochterboot ab. Was Backbord ist, wirst du ja wohl wissen als Segler!“, schallt die Stimme über das Wasser und fügt hinzu: „Los! Mach dich auf den Weg!“

Das muss der Kapitän, der Vormann, sein, denkt Rudi. Viel Zeit mit Worten vergeudet der nicht. Gern hätte er noch gesehen, wie man das Tochterboot aussetzt. Aber er wagt nicht, auch nur ein paar Sekunden länger hier zu bleiben. Mach dich auf den Weg! hat die Stimme gesagt. Und es klang ganz so, als ob sie das auch meinte.

Das kleine Tochterboot liegt fahrbereit auf dem Heck des Seenotkreuzers in einer schrägen Mulde. Es wird gebraucht, wenn das Wasser für den großen Kreuzer zu flach ist. So wie hier. Der Bootsführer und noch ein zweiter Mann steigen ein. Der Bootsführer hebt die Hand, und das kleine Motorboot gleitet mit dem Heck voran ins Wasser.

Die Bergung von Rudi Madsen dauert kaum zehn Minuten. Es ist kein schwieriger Seenotfall. Kein Sturm. Keine Wellen. Der Junge ist unverletzt. Das Tochterboot steuert die Backbordseite des toten Schiffes an, stößt sanft gegen die roststarrende Bordwand. Ein Mann winkt mit der Hand. Rudi Madsen klettert über die Reling und steigt an Bord. Ein Motor heult auf ...

Gerettet!

Auf dem Rückweg zum Seenotkreuzer wird noch die treibende Jolle eingefangen, mit einem Tau gebändigt und hinterhergeschleppt. Keiner sagt was zu Rudi. Die Männer haben zu tun. Dann sind sie am Kreuzer. Das Tochterboot wird wieder in seine Mulde hineingezogen und Rudis Jolle an die Heckreling gebunden.

„Melde dich beim Kapitän!“ sagt der Bootssteurer. „Da oben auf dem Turm steht er.“

Rudis Herz hämmert. Was wird der Kapitän sagen?

„Da bist du ja“, sagt er. Nicht mehr. Nach seinem Namen fragt er noch. Ob ihm die Jolle gehört und wo er zu Hause ist. Und dann schiebt er die beiden Gashebel nach vorn.

Jetzt schaut Rudi Madsen wieder über eine silbern glänzende Wasserfläche. Aber vielleicht glänzt das Wasser nicht ganz so silbern wie auf dem Hinweg. Noch etwas ist anders: Jetzt steht er auf der obersten Steuerplattform eines Seenotkreuzers. Zum ersten Mal. Wenn er sich umdreht, sieht er seine Jolle. Sie folgt dem Kreuzer wie ein Hund an der Leine, schüttelt den Mast hin und her und versucht ab und zu Bocksprünge über die Wellen.

Der Mann neben ihm in dem roten Overall hält das Ruderrad mit einer Hand und schaut schweigend nach vorn.

Warum sagt er nichts? denkt Rudi Madsen.
Oder sind alle Kapitäne von Seenotkreuzern so schweigsam?

Jetzt dreht er sich halb zu Rudi um.

„Na, hast du genug Angst ausgestanden?“

„Ja“, antwortet Rudi Madsen leise.

„Dann brauchen wir für dich wohl nie wieder Kindermädchen zu spielen.“ Mehr sagt der Kapitän nicht und schaut wieder nach vorn.

Ein Seenotkreuzer bringt mich nach Hause, denkt Rudi. Dieser Benno Döbel wird mir glauben müssen, dass ich auf dem Wrack war. Auf dem Wrack vor der Küste. Und wenn er es immer noch nicht glaubt, kann er sich ja beim Kapitän der RUHRSTAHL erkundigen.

# Das Haus

Was
das Mausloch
für die Maus,
ist
die Matratze
für die Laus,
ist
der Kobel
für die Eichkatz,
ist
das Nest
für einen Hausspätz
ist
für den Igel
ein Bund Stroh,
ist
das Nachthemd
für den Floh,
ist
für mich mein Haus —
da geh ich ein und aus.

## *Das Haus*

*Was*
*das Mausloch*
*für die Maus,*
*ist*
*die Matratze*
*für die Laus,*
*ist*
*der Kobel*
*für die Eichkatz,*
*ist*
*das Nest*
*für einen Hausspätz*
*ist*
*für den Igel*
*ein Bund Stroh,*
*ist*
*das Nachthemd*
*für den Floh,*
*ist*
*für mich mein Haus –*
*da geh ich ein und aus.*

## SIE WOHNEN HINTER DEM DEICH

Hinter dem Elbdeich duckt sich ein Haus. Ein kleines weißes Haus mit grünen Fenstern und einem allmächtigen Reetdach, das im Sommer die Stuben kühl und im Winter warm hält. Drei magere Kastanien vor dem Südwestgiebel möchten gern Windschutz geben, aber sie wagen ihre Kronen kaum über den Deich zu recken, sind froh, wenn sie selber nicht vom Sturm gerupft werden.

„Glück im Winkel!" steht über der Haustür. Und wer auch immer durch die grünweiße Tür tritt, kommt zu Hinrich und Lene, zu den Geschwistern Glück. Weit über ein halbes Jahrhundert wohnen die beiden Glücks in Nordhusen gleich hinter dem Elbdeich. Das elektrische Licht hat den Weg zu ihnen gefunden, aber sonst machte die moderne Zeit einen Bogen um das weiße Häuschen.

Hinrich ist der kleinere und der jüngere. Ein Jahr fehlt ihm noch, dann hat auch er die achtzig zu fassen. Schwester Lene ist ihm gut drei Jahre voraus. Aber Ingelina Glück, die Mutter der beiden, wurde siebenundneunzig, ehe sie still und mit ablaufendem Wasser von dieser Welt ging. Ihr Mann, Karsten Glück, verlor seinen Frachtewer in einem giftigen Nordseesturm und konnte gerade noch sein Leben retten. Versichert war er nicht. Die paar Spargroschen, die Ingelina im Strumpf hatte, reichten nicht mal für den kleinsten Krabbenkutter. Damit hatte Karstens Seefahrt ein Ende. Er machte das Beste aus seinem Pech und richtete in der guten Stube eine Schankwirtschaft ein. Und weil man auf zwei Beinen besser steht als auf einem, wurden noch vier Quadratmeter von der Diele abgeteilt, Tür, Schiebefenster und Schubladen eingebaut. Fertig war der Kramladen. Zwei Kühe, ein paar Schafe und ein Dutzend Gänse rundeten den Unterhalt ab.

Lene ging freiwillig nach Hamburg, um feine Leute in feinen

Häusern zu bekochen. Hinrich kam in die Bäckerlehre und wurde danach von einem Kaiser und seinen Generälen in einen sinnlosen Krieg befohlen. Elsa Brandström rettete ihm das Leben. Hinrich brauchte ein langes, schlimmes Jahr, um vom Altaigebirge wieder nach Nordhusen hinter den Deich zu finden.

Als Karsten Glück sich zum Sterben legte, rief Ingelina die Tochter aus Hamburg zurück, und Lene kam gern. Eine unglückliche Liebe, sagten die Leute hinter der Hand.

Als „Glück im Winkel" in den dreißiger Jahren zum Wahllokal bestimmt wurde, machte Hinrich nicht viel Umstand, entfernte das Wandbett aus dem Alkoven, ließ eine Glühbirne mit Fassung installieren und stellte ein altes Lehrerpult hinein. Die Wahlurne wurde neben dem Kachelofen aufgestellt. Es konnte gewählt werden. Das Wahlgeheimnis handhabte Hinrich sorgsam. War der Tag da, an dem man sein Kreuz abzuliefern hatte, begleitete Hinrich jeden Wähler zum Alkoven und schloss hinter ihm die Türen. Dass die Beine des Wählers unten zu sehen waren, weil die Türen nur bis zur ehemaligen Betthöhe herunterreichten, richtete keinen Schaden an. „Denn", so sagte Hinrich Glück „vom Hosenbund abwärts ist die Wahl ja wohl nicht mehr so geheim."

Lene besorgt noch heute Haus und Hühner und Kochen, und diese Arbeit wird sie sich auch nicht aus der Hand nehmen lassen. Hinrich ist für das Brotbacken, für Hund und Garten, für Erbsen, Gurken und Kartoffeln zuständig. Natürlich auch für die Pferdebohnen! Jedes Jahr, wenn die Hülsen prall und die großen Bohnen noch jung und zart sind, schreibt Hinrich rechtzeitig eine Karte, und ich darf mir meine Bohnenmahlzeit abholen.

So kannte ich die beiden lange Jahre.

Und dann kam die Sturmflut 1976. Gleich im neuen Jahr kam sie - zur Mahnung an alle Binnendeichsbewohner, dass Wind und Wasser auch mit einer Deicherhöhung nicht zu bändigen sind. Die Wetterwarten sagten Orkan und Sturmflut an.

Der Sturm kam von weither und drückte von Westen genügend Wasser durch den Flaschenhals des englischen Kanals. Als er meinte, das könnte wohl ausreichen, drehte er auf Nordwest, trieb das Wasser mit seiner Böenpeitsche in die Deutsche Bucht hinein und ließ es gegen die Deiche branden. Der Elbtrichter schluckte, was hineinging, bis er zum Überlaufen voll war. Nun kochte das Wasser vor Wut, spie Schaumflocken himmelwärts, schickte die Brandung zum Angriff auf die Außendeiche und ließ gierige Wasserzungen als Vorhut über die Deichkronen stürmen ...

So hätte ich es mit eigenen Augen sehen können.

Aber ich verhielt mich wie die meisten Küstenbewohner, blieb in der geheizten Stube, ließ mich von Radio und Fernsehen mit den neuesten Durchsagen versorgen und hoffte, dass meine Ziegel auf dem Dach blieben.

„Wie mag es bei Glück im Winkel aussehen?" meinte meine Frau gegen ein Uhr nachts. „Die beiden Alten haben keinen Fernsehapparat. Hast du mal daran gedacht?" Der Vorwurf in ihrer Stimme war nicht zu überhören.

Dann wurden die Meldungen bedrohlicher: Der Meldorfer Sommerkoog läuft voll! Personenevakuierung abgeschlossen! Viehtransport noch im vollen Gange! Stöpe Neufeld wird verriegelt.

Neufeld! Hinrich und Lene! Sie wohnen in der Nähe!

„Ich fahre!" sagte ich zu meiner Frau.

Bis zur Kreuzung Mühlenstraße kam ich ohne Schwierigkeiten. Dort stoppte ein Polizist meine gute Absicht.

„Neugierige haben wir genug! Der Deich ist gesperrt!" sagte er, und sein Daumen zeigte unmissverständlich in die Richtung, aus der ich gekommen war. Neugierig – das fehlte mir noch! Durch das Sturmgetöse brüllte ich ihm meine Sorgen um Hinrich und Lene Glück ins Ohr. Dafür zeigte er Verständnis. Sein Daumen gab mir den Weg frei.

„Glück im Winkel" war unbeschädigt, und die drei mageren Kastanien standen auch noch. Aber Gischtwolken fegten über das Dach. Wasserzungen schäumten gierig über die Deichkrone. Und kein Licht bei Hinrich und Lene!

War der Strom ausgefallen? Nein, dann hätten sie die Petroleumlampe angezündet. Sollten sie geflüchtet sein, landeinwärts zu Bauer Pink? Auch nicht. Den Pink guckten die beide nicht mehr an, seitdem er ihnen schlechte Saatkartoffeln verkauft hatte. Sie schliefen in ihren Betten und ahnten nichts von der drohenden Gefahr!

All das ging mir durch den Kopf, während ich mit der Faust gegen die Haustür donnerte. Nichts rührte sich! Ich versuchte es mit dem Fenster. Endlich! Im Flur ging das Licht an. Die obere Türhälfte öffnete sich. Hinrich Glücks Kopf tauchte auf. Ein ärgerlicher Hinrich Glück im Nachthemd.

Ich schrie ihm die letzten drohenden Wetterneuigkeiten durch das Türloch. Ob er davon wüsste?

Hinrich schüttelte den Kopf und sah mich ruhig von unten herauf an.

„Das brauch ich nicht zu wissen! Ich höre es. Wozu wohnen wir hinter dem Deich", sagte er und: „Keine Stunde mehr, dann ist das Schlimmste vorbei."

Ich schluckte runter, was ich noch sagen wollte. So viel war gewiss: Um Hinrich und Lene brauchte ich mir keine Sorgen zu machen! Ich wünschte gute Nacht und zwängte mich mitsamt meinen guten Absichten wieder ins Auto.

Eine halbe Stunde später wurden nachlassender Wind und langsam fallende Wasserstände durchgesagt ...

## *Ein Sylter Mann, der heimgekehrt*

*Ein Sylter Mann, der heimgekehrt*
*nach Sylt, sitzt ziemlich ungestört*
*bei Blidsel weit nach Mitternacht.*
*Die Luft ist lau. Der Vollmond wacht.*
*Von links her blinzelt Lister Licht.*
*Nach rechts hin hat er miese Sicht,*
*jedoch er weiß, dort achtet Springer*
*in seiner Burg auf Mensch und Dinger.*
*Hoch ist der Himmel – hoch und her.*
*Getreulich glänzt das Wattenmeer,*
*und wie er sieht, noch unbebaut!*
*(Was er sich kaum zu glauben traut)*
*In Keitum trotzt ein Glockenturm*
*noch siegreich dem Renditewurm.*
*Was bringt die Luft? Fäulnisgeruch?*
*Verloren Land ... Des Geldes Fluch ...*
*Zuviel, zuviel, was sich ihm zeigt.*
*Es sinkt sein Kopf, der Alptraum steigt:*
  *Wir bieten gegen Höchstgebot*
  *für jene, die in Steuernot,*
  *Reetdachhaus mit Wattenblick.*
  *(Mit Extraaufschlag für antik)*
  *Schenken Sie dem lieben Weibe*
  *eine traute Sylt-Haus-Scheibe.*
  *(Garantiert wird Friesenstil)*
  *Ein Jahrmarkt nur für immobil ...*
*Dieweil der Gute ruhlos schlummert,*
*ein Nachtzug übern Damm hin wummert,*

*entsteigt genau an jener Ecke*
*ein Meergeist namens Ekkenekke*
*der Flut und schreitet triefendnass*
*doch unbeirrt zum Strand fürbass.*
*Ein wahrlich prächtig Mannesbild!*
*Mehr breit als lang, das Auge mild,*
*Seegras wallt (vom Haupt herab),*
*die Scham verhüllt (ein wenig knapp)*
*ein kurzer Rock aus miesen Muscheln,*
*die auch noch leis im Nachtwind ruscheln ...*
*Kein Wunder, dass der Mensch erschreckt,*
*wird er von einem Geist geweckt,*
*der ihn nun ziemlich barsch anspricht:*
*„Was suchst du hier, du Menschenwicht?"*
*„Mein Sylt", sagt jener Schläfer dann.*
*„Verdammt ich auch!" der Wassermann.*
*(Hier merkt man, dass sich manches findet,*
*was Geist und Mensch im Geist verbindet)*
*Ein Meergeist setzt sich nun ins Riet*
*(Was man gewiss nur selten sieht),*
*spricht böse Worte, und zwar diese:*
*„Hör mir gut zu, du Plastikfriese!*
*Ihr habt mich um den Schlaf gebracht,*
*mich aufgestört und wildgemacht.*
*So bin ich denn der See entstiegen,*
*nur um Euch Sylter wachzukriegen.*
*Einst wart Ihr Friesen, stolz und frei,*
*und jetzt seit Ihr nur noch dabei*
*Euch als Esaus (soll's so bleiben?)*
*in die Geschichte einzuschreiben.*

*Für Linsen gebt Ihr Land und Glück,*
*und später wünscht Ihr es zurück.*
*Ein Platz für uns? Die Kinder fragen.*
*Nun? Was wollt Ihr Sylter sagen?*
*Dann steht Ihr da, nackt und entblößt.*
*(Was gegen kein Gesetz verstößt,*
*denn um die Insel zu vernaschen*
*braucht man nur des Gesetzes Maschen.*
*So deckt sich Erstgeburt mit Insel ...)*
*Ihr seid wie Esaus, lauter Pinsel,*
*die, weil sie´s nicht besser wissen*
*an ihren Linsen würgen müssen.*
*Der neue Gott heißt Sylt-Rendite!*
*Und das Gewissen wohnt zur Miete,*
*dem braucht man, um zu sündigen,*
*nur das Zimmer aufzukündigen.*
*„Ihr quält die Freiheit", brüllt der Geist,*
*„bis sie Euch in den Hintern beißt!"*
*Denn wenn die Geldgier Amok läuft,*
*wird die Vernunft brutal ersäuft.*
*Und was tun die Gemeindeväter*
*für Sylt? Ich meine jetzt – für später?*
*Spricht man Gutes von den Lieben?*
*Wird man von der Pflicht getrieben? –*
*Oder bleibt es noch beim Alten*
*sich wechselseits die Tür aufhalten*
*für die Geldanlegerhorden,*
*die Sylt hinterrücks ermorden ...?*
*Der Mond sieht rot. Der Nachtwind greint.*
*Lacht der Meergeist? Nein, er weint.*

*Dann steht er auf, spricht: „Es ist spät,*
*Ich muss zurück. Das Wasser geht.*
*Wir sind in einem lecken Boot.*
*Üs Söl'ring Lön'...*
*Das Lied ist tot!?*

# DER NEBELAAL

Mein großes Erlebnis begann an einem Sonntag im September. Die Aale gingen hungrig an den Wurm heran wie selten um diese Zeit. In aller Frühe streckte ich meinen Kopf schon zum Dachfenster hinaus, um einen Blick auf Wasser und Wetter zu tun. Der Wind war so flau, dass ich ihn nur spüren konnte, wenn ich den angefeuchteten Finger in die Luft hielt. Ich hätte gern eine Windstärke mehr gehabt. Im Osten kletterte die Sonne recht bleich aus einer zerfransten Dunstdecke. Der Hafenpriel, den ich von meinem Ausguck gut überschauen konnte, zeigte noch halbes Hochwasser an. Die Elbe lag glatt wie ein Wachstuch vor meinen Augen. Zwei Schiffe krochen gemächlich auf dieser ebenen Straße nach Cuxhaven.

Am Wetter hatte ich nichts auszusetzen. Ich hoffte nur, dass dieser Tag für mich ein Fangtag sein würde. Genügend Wattwürmer hatte ich am Vorabend bei Hohlebbe auf der Sandbank vor dem Hafenpriel ausgegraben und in unserem Keller kaltgestellt. Zwar tun es gewöhnliche Regenwürmer auch, aber der kundige Aalfischer wählt immer den besten Köder. Und das ist nun mal der zarte Wattwurm, meine ich.

Ein langer Tag voller Abenteuer lag vor mir. Mein Vater konnte mir nicht dreinreden. Er fischte mit dem Kutter vor Helgoland. Ich erwartete ihn nicht vor Mittwoch zurück. Und von der alten Lisbeth, die uns damals den Haushalt führte, weil meine Mutter gestorben war, ließ ich mir wenig sagen. Sie zeigte mir auch kein freundliches Gesicht, als ich ihr von meinem Vorhaben erzählte. Herumtreiberei pflegte sie meine Fischzüge zu nennen. Das hielt sie aber nicht davon ab, die von mir gefangenen Aale mit großem Appetit zu verzehren – gleich ob gebraten, gekocht, geräuchert oder in Aspik. Trotzdem schmierte sie mir Brote für unterwegs und füllte eine Flasche mit Kaffee, der so dünn war, dass man durch ihn hindurchschauen und die Zeitung lesen konnte. Aber der Kaffee war mir nicht wichtig: Ich wollte ja den ganz großen Aal fangen.

Unten am Hafen wartete Pinscher auf mich. Ich erinnere mich weder an seinen richtigen Vornamen noch an seinen Familiennamen. Ich weiß nur noch, dass er dünne Beine hatte, wenig vom Segeln verstand, noch weniger vom Fischen, aber ein hilfsbereiter Schulfreund war.

Noch jemand stand am Hafen: Willi Fett, der Hafenmeister und Aalkönig. Auf diese Begegnung hätte ich gern verzichtet. Der Mann hieß zwar „Fett", aber er war mager wie ein Frühjahrshering. Er trug selbst an den heißesten Sommertagen einen dicken Rollkragenpullover, besaß ein starkgebautes Motorboot mit dem seltsamen Namen „CASIMIR" und fing von uns allen nicht nur die meisten, sondern auch noch die größten Aale. Schon darum konnte ich ihn nicht leiden. Aber noch übler nahm ich ihm, dass er mich immer mit „Seemann" anredete, und zwar in einem so spöttischen Ton, als würde er mir nicht einmal einen alten Holzschuh zum Segeln anvertrauen.

„Na Seemann", quäkte mich der magere Fett an, „wollt ihr nun schon zu zweit auf die armen Aale losgehen? Ich habe da einen guten Dreipfünder in meinem Hüttfass. Soll ich euch den lieber vorher zeigen, damit ihr auch wisst, wie ein richtiger Aal aussehen muss?"

Und das sagte mir der gemeine Kerl ausgerechnet im Beisein eines Freundes. Ich gab ihm keine Antwort.

Wir hielten uns nicht lange mit den Vorbereitungen auf: Pinscher musste sich auf die achtere Bank setzen. Ich machte die Leinen los, legte die Riemen ein und ruderte mit langen Schlägen zum Hafen hinaus.

„Seemann!“ rief mir Fett noch nach. „Seemann! Segle nicht über Medem Sand hinaus! Die Luft sieht verdammt nach dickem Nebel aus!“

„Jetzt spielt dieser Affe auch noch den Wahrsager“, sagte ich zu Pinscher, „dabei ist die Luft nur ein wenig diesig.“

Draußen im Fahrwasser übergab ich Pinscher das Steuer, um die Segel zu setzen. Mein Boot war nicht gerade ein Renner, so wie sie heute gebaut werden, es war ein kleines, ehemaliges Beiboot. Mein Vater hatte es billig gekauft, selbst aufgetakelt und auch noch selbst die Segel dazu genäht. „Wichtiger als das Boot ist die Art, wie man damit umgeht“, gab er mir dazu noch als guten Rat mit auf den Weg. Der Wind war immer noch flau, aber der Ebbstrom schob kräftig mit, und beides zusammen reichte aus, um uns rechtzeitig nach Medem Sand zu bringen. Weiter wollte ich ohnehin nicht segeln, dazu benötigte ich keine Ratschläge von Willi Fett. Der Wind passte mir ganz gut. Ich konnte meinem Freund Pinscher gefahrlos das Steuer überlassen und ihm nebenbei erklären, wie man mit Stock, Leine, Bleilot und einem Bund Wattwürmer Aale fängt.

Jetzt schon begann ich Würmer auf einen Faden zu ziehen. Das ist keine angenehme Arbeit, aber sie muss getan werden, wenn man Aale fangen will. Ich fädelte einen starken Wollfaden durch eine Stricknadel, die ich an einem Ende plattgeklopft und durchbohrt hatte. Dann holte ich meine Würmer hervor, begann sie über die Nadel zu streifen und auf den Faden zu reihen. Pinscher verzog angewidert das Gesicht und meinte, das wäre Tierquälerei. „Schau nach vorn“, sagte ich, „und achte auf den Kurs. Ich muss ja die Arbeit machen und nicht du!“ Aber ich glaube nicht, dass ich Pinscher überzeugt habe. Er warf keinen Blick mehr auf meine ekelhafte Tätigkeit, und das konnte ich gut verstehen. Aus vier langen Wurmschnüren wickelte ich vier Bündel. Zwei davon band ich mit dreifachen Knoten an die Bleilote. Die anderen beiden blieben in Reserve.

Eine Stunde vor Niedrigwasser waren wir vor dem Medem-Sand-Hauptpriel. Ich ließ die Segel fallen, setzte die Riemen wieder ein und ruderte durch die Prickenallee weiter in die Watten hinein. Dort, wo sich zwei Prielarme kreuzten, wusste ich einen guten Fangplatz.

Bei Niedrigwasser lagen wir vor Anker. Eine Stunde mussten wir noch warten, bevor das Wasser hoch genug gestiegen war, um uns die ersten Aale zu bringen. Ich nutzte die Zeit, um meinem Freund Pinscher den letzten Schliff zu geben.

„Zuerst wickelst du genügend Leine von deinem Stock ab und tastest damit die Wassertiefe aus“, erklärte ich. „Vergiss nicht, dein Bleilot von Zeit zu Zeit auf den Grund zu stoßen, damit du weißt, ob die Würmer auf dem Schlick liegen. Der Aal, besonders der große Aal, wandert nämlich unten am Grund entlang. Wenn er anbeißt, zerrt er an dem Wurmbund, und du spürst über Schnur und Stock ein Zucken in den Händen. Lass ihm noch eine paar Sekunden Zeit, damit er sich gut festbeißen kann. Dann zieh hoch, aber nicht zu schwungvoll, sonst fällt dein Aal auf der anderen Bootseite wieder ins Wasser.“

Pinscher nickte. Na, ich würde ja bald sehen, ob er es richtig machte.

Den ersten Aal fing ich. Ich hätte mich auch geärgert, wenn es anders gekommen wäre. Er wog ein gutes halbes Pfund, schätzte ich.

„Das ist ein dicker!“ jubelte Pinscher.

„Nur ein guter Brataal, die ganz dicken wollen wir erst noch fangen“, dämpfte ich seine Begeisterung und riet ihm, auf seine Angel zu achten, sonst würde er den ersten Anbiss verpassen. Ich hatte kaum ausgesprochen, da riss Pinscher auch schon seinen

Stock hoch. Ein guter Aal schwebte im Bogen über die Bootsbreite hinweg, ließ auf der gegenüberliegenden Seite seine Wurmbeute los und verabschiedete sich wieder ins Wasser.

„Ärgere dich nicht unnötig“, tröstete ich ihn, „es schwimmen noch mehr Aale in der Elbe herum.“

Von nun an bekamen wir alle Hände voll zu tun. Eine Stunde lang zogen wir Aale ins Boot, kleine, große und ab und zu auch eine Wollhandkrabbe. Diese Biester mochte ich nicht, weil sie mit ihren Scheren die Wurmschlingen durchkneifen. Ich musste zugeben, Pinscher lernte schnell. Als er dann den prächtigen Einpfünder sicher über die Bordkante hob, tanzte er vor Begeisterung oben auf der Sitzbank herum.

„Benimm dich nicht so kindisch!“ fuhr ich ihn an. *Den* Aal hätte ich selber gern gefangen. Das sagte ich ihm aber nicht.

Danach hatten wir lange Zeit keinen rechten Anbiss mehr. Wir aßen ein Brot, schätzten unseren Fang ab, banden Reservewürmer an die Lote und verlegten dann unser Boot in flacheres Wasser. Ich ruderte, Pinscher holte den Anker auf und warf ihn auf mein Kommando wieder aus. „Mehr Leine!“ rief ich ihm zu. Pinscher löste den Knoten, steckte Leine aus und machte sie wieder am Bugring fest. „Hast du auch einen anständigen Knoten gemacht?“ fragte ich.

„Klar!“ antwortete Pinscher.

Es wäre besser gewesen, wenn ich den Knoten überprüft hätte. Ich sah mich um. Die Luft wollte mir nicht mehr gefallen. Aus dem leichten Dunst war Nebel geworden. Noch lag er wie ein Schleier über dem Wasser. Aber schnell konnte daraus ein undurchsichtiger Brei werden. Sollte Willi Fett etwa mit seiner Prophezeiung recht behalten? Ich überlegte. Was sollte ich tun? Den Anker einholen und mit der letzten Flut nach Hause segeln? Oder sollte ich noch eine Stunde zugeben? Es war ja nicht sehr weit bis in den

Hafen. Mit unserer Beute konnten wir uns schon sehen lassen. Aber Pinscher hatte den größten Aal gefangen und nicht ich ... Und dann dachte ich an den Riesenaal, auf den ich gerade heute hoffte. Ich gab eine Stunde zu.

Es fing gleich gut an mit zwei Halbpfündern, die ich sicher ins Boot bringen konnte. Dann holte Pinscher zwei Aale mit einem Wurf heraus. Und kaum hatte er sein Lot wieder auf den Schlickgrund gesenkt, da lehnte er sich weit zurück – und ein schwerer Aal klatschte auf die Bodenbretter. Eineinhalb Pfund wog der Prachtbursche mindestens. Ich knirschte heimlich mit den Zähnen. Ein Anfänger fischte mir die besten Aale vor der Nase weg! Aber dann zuckte es in meinen Händen ... Einmal. Zweimal. Schon wollte ich hochziehen, da wurde mein Bambus von einem wilden Ruck nach unten gerissen. Ich packte den Stock ganz fest an. Aber der unten im Wasser ruckte und zog so grimmig, als wollte er mich über die Bordwand zerren.

„Pinscher!" schrie ich. „Lass deinen Stock fallen und hilf mir! Ich habe da einen ganz, ganz großen Aal an der Leine! Nimm eine Ecke vom Segel und fass zu, wenn ich ihn über die Bordwand hab." Ich wickelte die Schnur um meine Hand und zog. Zog mit aller Kraft. Aber der da unten im Wasser zog auch mit aller Kraft. Endlich gab sich der Aal geschlagen. Sein schwarzer glänzender Leib tauchte auf, dick wie ein Regenrohr, kam es mir vor. Ich konnte ihn eben über den Bootsrand zerren. Und bevor Pinscher zugreifen konnte, schnellte sich der Riese mit einem wütenden Schwanzschlag von allein ins Boot.

Wir schrien nicht. Wir jubelten nicht. Wir starrten beide stumm vor Staunen auf diesen Monsteraal, auf einen Aal, der einem eigentlich nur im Traum begegnen kann. Alle anderen waren nur armselige Regenwürmer gegen ihn.

„Pinscher“, sagte ich heiser, „Pinscher – schau dir das an: Dieser Satan hat das ganze große Wurmbündel verschluckt!“

Alles um uns herum hatten wir bei diesem Kampf vergessen. Jetzt erst sah ich, was ich schon längst hätte sehen müssen: Dichter Nebel hüllte uns ein! Keine Sonne, kein Himmel, keine Küste, keine Pricken mehr – wir konnten sehen und waren doch blind.

„Wie kommen wir jetzt nach Hause?“ fragte Pinscher und sah mich ängstlich an.

„Wir müssen vor Anker warten, bis der Nebel sich lichtet“, konnte ich ihm nur zur Antwort geben. Und diese Antwort gefiel mir selber nicht.

„Aber meine Eltern ... Sie werden sich Sorgen machen. Wir wollten doch vor Dunkelheit zurück sein.“

Ich musste ihm die Wahrheit sagen. „Es kann Nacht werden oder wieder Morgen, bevor wir im Hafen sind“, erklärte ich bedrückt. „Wenn wir uns nicht von dieser Stelle bewegen, sind wir hier sicher. Bei diesem Nebel kommt kein Sturm auf.“

Pinscher schluckte und hielt krampfhaft die Tränen zurück. Um ihn machte ich mir mehr Sorgen als um mich. Bei ihm würde es Ärger geben, das war sicher. Ich hatte es besser. Mein Vater war auf See, und mit der alten Lisbeth würde ich schon fertig werden. Die hatte sich daran gewöhnt, dass ich ab und zu mal spurlos verschwunden war.

Der Riesenaal hatte die Würmer wieder herausgewürgt. Glänzte sein Rücken jetzt nicht wie blankes Silber? Nein, er schimmerte eher geheimnisvoll fahlblau wie ein Elmsfeuer. Fing ich schon an zu spinnen? Ich kniff die Augen zusammen: Der Rücken war schwarz und der Bauch gelbweiß, wie es sich für einen Aal gehört.

Aber dann wurde ich stocksteif vor Schreck! Das durfte nicht wahr sein! Die Ankerleine! Die Ankerleine war nicht mehr am Bugring befestigt! Ich beugte mich weit über den Bug hinaus: Kein Tau zeigte mehr schräg ins Wasser. Das lag jetzt zusammen mit dem Anker irgendwo auf dem Grund des Priels.

Die Gedanken wirbelten in meinem Kopf herum: Der Knoten muss sich gelöst haben! Meine Schuld ... Nicht kontrolliert ... Wann kann es geschehen sein ... Kein Reserveanker an Bord ... Wir treiben – treiben im Nebel, ohne zu wissen, wohin ...

Ich glaube, ich schwitzte trotz des nasskalten Nebels. Nimm dich zusammen! rief ich mir in Gedanke zu. Du bist nicht zum ersten Mal hier draußen. Du kennst das Watt. Überlege, was du tun kannst!

Was konnte ich tun? Ich konnte feststellen, ob wir uns im flachen Wasser oder im tiefen Prielbrett befanden. Mit dem längsten Bambusstock fühlte ich keinen Grund. Also waren wir noch im Priel. Und ein Blick auf die Uhr sagte mir, dass der erste Ebbstrom schon lief. Dann wusste ich auch, wie es weiterging. Wir trieben aus dem Medem Sand heraus, und der Strom schob uns in das Hauptfahrwasser. Waren wir da angelangt, wurde es gefährlich, dann würde unsere Reise in Richtung Nordsee gehen. Aber noch war es nicht soweit. Bis dahin mussten wir an vielen Buschpricken vorbeitreiben, und vielleicht glückte es, unser Boot an einer festzumachen. Zuerst musste nach Pricken Ausschau gehalten werden, und Pinscher sollte dabei helfen. Vier Augen sehen mehr als zwei. Pinscher hatte von meinen letzten Sorgen nichts bemerkt. Er kauerte zusammengekrümmt auf der achteren Sitzbank, stützte die Ellenbogen auf die Knie und hielt den Kopf in den Händen vergraben.

„Pinscher“, sagte ich, „da ist uns noch was Dummes passiert ...“ Und dann erklärte ich ihm, was geschehen war und was wir gegen unsere missliche Lage unternehmen konnten. Pinscher nahm es ruhiger auf, als ich dachte.

Wir versuchten die undurchdringliche Nebelmasse, die uns wie ein klebriger Brei vorkam, mit den Blicken zu durchbohren. Wir kniffen die Augen zu schmalen Schlitzen zusammen und spähten rundum. Mal war ich es, der glaubte, eine Pricke entdeckt zu haben, mal war es Pinscher. Aber jedes Mal hatten wir uns getäuscht.

Dann meinte ich plötzlich ein leises Pochen und Tuckern zu hören. „Still!“ sagte ich. Wir lauschten. Das Pochen und Tuckern blieb. „Das könnte ein Motorboot sein“, sagte ich hoffnungsvoll. Wieder horchten wir eine Weile angestrengt. Das Geräusch wurde lauter, kam näher.

Dann ertönte ein Hornsignal. Zweimal und noch zweimal. Den quäkenden Klang kannte ich.

„Das ist Willi Fetts alte Tute!“ schrie ich. „Jetzt müssen wir ein Signal geben, damit er unsere Richtung findet.“ Ich hatte kein Horn an Bord, aber ich hatte etwas anderes. In wilder Hast schüttete ich die letzten Würmer aus dem Blecheimer, nahm mein schweres Bordmesser als Schlegel und begann zu trommeln: Ping, ping, ping, ping ...

Pause. Horchen. Das Motorgeräusch wurde leiser. Drosselte Willi Fett den Motor, weil er uns gehört hatte und noch einmal genau horchen wollte, um die Richtung festzustellen?

Ping, ping, ping, ping ...

Ja, der Motor wurde wieder lauter. Tuut! Tuut! Tuut! rief Willi Fetts Tute ganz nahe. „Hierher! Hierher! Hier sind wir!“ schrien wir so laut wir konnten.

Dann schob sich ein großer dunkler Schatten langsam an uns heran. Holz knirschte auf Holz. Dicht an der Bordwand ein Rollkragenpullover, Gesicht, Mütze – Willi Fett! „Macht die Leine fest und kommt zu mir an Bord“, sagte er ruhig. Er brauchte es nicht zweimal zu sagen. Wir hatten es so eilig mit dem Übersteigen, dass wir beide gleichzeitig auf den Rand unseres kleinen Bootes kletterten.

Es legte sich weit auf die Seite, und das Wasser lief hinein.

„Na, da hätten wir euch ja wieder, aber es hat eine Weile gedauert, bis ich euch gefunden habe“, sagte Willi Fett. Und in seiner Stimme war kein Spott.

Jetzt erst fiel mir mein Riesenaal ein. Willi Fett würde aus dem Staunen nicht herauskommen, wenn er den zu sehen kriegte.

„Ich habe da einen ganz großen Aal gefangen. Seine sieben Pfund wiegt er mindestens“, sagte ich leichthin.

„Was? Sieben Pfund? Den Aal muss ich sehen!“ rief Willi Fett und machte so hungrige Augen wie unser Kater, wenn er einen Räucherfisch riecht.

Wir holten mein Boot dicht längsseits, ich stieg über und schöpfte erst mal das Wasser aus. Dann suchte ich nach meinem Aal. Suchte und suchte. Hob die Bodenbretter. Suchte verzweifelt. Den Eineinhalbpfünder entdeckte ich. Auch den Einpfünder. Aber mein Riesenaal war verschwunden.

Ich weinte und konnte nichts dagegen tun.

„Er muss abgehauen sein, als wir überstiegen und mein Boot so schräg lag, dass es Wasser machte“, schluchzte ich, und erzählte, was uns passiert war.

„So wird es wohl gewesen sein“, sagte Willi Fett und legte mir die Hand auf die Schulter. „Ich glaub dir. Trotzdem hätte ich gern mal einen Siebenpfünder gesehen.“ Er starrte in den Nebel hinein. „Und – wenn du wieder mal einen Freund mitnimmst, mach den Ankerknoten selber.“

Dann stellte er den Motor an, befragte den Kompass und steuerte die „CASIMIR“ vorsichtig in den Nebel hinein.

Pinscher ist nie wieder mit mir zum Fischen hinausgefahren. Und ich habe nie wieder einen Siebenpfünder gesehen – wie meinen Nebelaal ...

# Der Wetterfrosch

Der Laubfrosch Theo Quietschenaß
ist grün von Kopf bis Zeh.
Er badet elfmal jeden Tag
im Kakaduensee.

Am Montag fängt er Fliegen ein.
Und dienstags geht er aus.
Doch mittwochs, wenn der Regen tropft,
dann scheuert er sein Haus.

Am Donnerstag da schlummert er,
bis daß der Kuckuck ruft.
Den Freitag hat er gar nicht gern –
da stiert er in die Luft!

Am Samstag treibt er Rasensport.
Dann hüpft er ganz allein
rund um den Kakaduensee.
Und das auf einem Bein!

Auf jeden Sonntag freut er sich.
Sonntags singt er Tenor
und quakt bis kurz nach Mitternacht
in einem Frosch-Quak-Chor.

Nun kommt doch eines Tages der
Karl-Eduard gerannt.
Der sieht den Theo Quietschenaß
und greift ihn mit der Hand!

## *Der Wetterfrosch*

*Der Laubfrosch Theo Quietschenaß*
*ist grün von Kopf bis Zeh.*
*Er badet elfmal jeden Tag*
*im Kakaduensee.*

*Am Montag fängt er Fliegen ein.*
*Und dienstags geht er aus.*
*Doch mittwochs, wenn der Regen tropft,*
*dann scheuert er sein Haus.*

*Am Donnerstag da schlummert er,*
*bis daß der Kuckuck ruft.*
*Den Freitag hat er gar nicht gern –*
*da stiert er in die Luft.*

*Am Samstag treibt er Rasensport.*
*Dann hüpft er ganz allein*
*rund um den Kakaduensee.*
*Und das auf einem Bein!*

*Auf jeden Sonntag freut er sich.*
*Sonntags singt er Tenor*
*und quakt bis kurz nach Mitternacht*
*in einem Frosch-Quak-Chor.*

*Nun kommt doch eines Tages der*
*Karl-Eduard gerannt.*
*Der sieht den Theo Quietschenaß*
*und greift ihn mit der Hand.*

„He, Du!" ruft Theo ärgerlich.
"Laß los! Was fällt Dir ein!"
Meint Eduard: „Ich brauche dich
zum Wetterprofezeihn."

„Bin kein Profet," murrt Quietschenaß,
„mit mir hast Du kein Glück.
Drum setze mich, ich bitte dich,
in meinen See zurück!"

„Du kommst mit!" spricht Eduard,
pflückt eine Handvoll Gras
und stopft nun Gras und Frosch daheim
gleich in ein Gurkenglas.

Schnell baut er noch ein Leiterlein,
stabil und nicht zu lang
und sagt: „Denk über's Wetter nach,
derweil ich Fliegen fang."

„Na warte nur...," brummt Theo noch
und macht es sich bequem.
„Bei meinem Wetter werden dir
die Augen übergehn!"

Schon gleich am nächsten Morgen
– die Sonne lacht ins Haus –
da ruft der Theo Quietschenaß
ein Regenwetter aus.

*„He, Du!“ ruft Theo ärgerlich.*
*„Laß los! Was fällt Dir ein!“*
*Meint Eduard: „Ich brauche dich*
*zum Wetterprofezeihn.“*

*„Bin kein Profet“, murrt Quietschenaß,*
*„mit mir hast du kein Glück.*
*Drum setze mich, ich bitte dich,*
*in meinen See zurück.“*

*„Du kommst mit!“ spricht Eduard,*
*pflückt eine Handvoll Gras*
*und stopft nun Gras und Frosch daheim*
*gleich in ein Gurkenglas.*

*Schnell baut er noch ein Leiterlein,*
*stabil und nicht zu lang*
*und sagt: „Denk über's Wetter nach,*
*derweil ich Fliegen fang.“*

*„Na, warte nur ...“, brummt Theo noch*
*und macht es sich bequem.*
*„Bei meinem Wetter werden dir*
*die Augen übergehn!“*

*Schon gleich am nächsten Morgen*
*– die Sonne lacht ins Haus –*
*da ruft der Theo Quietschenaß*
*ein Regenwetter aus.*

Als tags darauf der Regen rauscht
und draußen zucken Blitze,
da spricht der Laubfrosch Theo frech
von Sonnenschein und Hitze.

Zerzaust der Sturm die Wipfel all,
sagt er, der Wind sei flau.
Und friert es nächtens Stein und Bein,
ruft Theo: „Leichter Tau!"

Kaum eine Woche später ist
Karl-Eduard belehrt.
Er sagt: „Du bist kein Wetterfrosch –
dein Wetter ist verkehrt."

„Das hab ich dir ja gleich gesagt",
quakt Theo. „Und jetzt geh
und trag mich in dem Gurkenglas
zurück an meinen See."

Punkt neune läßt Karl-Eduard
den Quietschenaß entschlüpfen.
Und der beginnt (weil's Samstag ist!),
auf einem Bein zu hüpfen.

*Als tags darauf der Regen rauscht*
*und draußen zucken Blitze*
*da spricht der Laubfrosch Theo frech*
*von Sonnenschein und Hitze.*

*Zerzaust der Sturm die Wipfel all,*
*sagt er, der Wind sei flau.*
*Und friert es nächtens Stein und Bein,*
*ruft Theo: „Leichter Tau!“*

*Kaum eine Woche später ist*
*Karl-Eduard belehrt.*
*Er sagt: „Du bist kein Wetterfrosch –*
*dein Wetter ist verkehrt.“*

*„Das hab ich dir ja gleich gesagt“,*
*quakt Theo. „Und jetzt geh*
*und trag mich in dem Gurkenglas*
*zurück an meinen See.“*

*Punkt neune läßt Karl-Eduard*
*den Quietschenaß entschlüpfen.*
*Und der beginnt (weil's Samstag ist!),*
*auf einem Bein zu hüpfen.*

# GEORG KROHN

Dreimal kam er in die Zeitung.

Das erste Mal, als er in späten Jahren seine Vermählung anzeigte mit Mariechen, geborene Kranz. Das zweite Mal, als er ein Held wurde. Und das dritte Mal, als seine Reise nach dem Tod einige Rätsel aufgab.

Georg war ein kleines Männchen mit grauem Haarkranz, Raubvogelprofil und einem schmalen Mund, der nicht viele Worte herausließ. Das Reden übernahm Mariechen, die einen Kopf größer und doppelt so breit war. Kinder hatten sie nicht.

GEORG KROHN, UHRMACHERMEISTER, stand in strengen schwarzen Buchstaben auf einem Schild neben der Ladentür, und das Schild glänzte fleckenlos weiß. Mariechen seifte es jeden Freitagmorgen ab und polierte es blank. Sonst glänzte nichts an der Hausfassade. Der Putz war stumpfgrau, und wo er abbröckelte, zeigten die Mauersteine ihr rotes Fleisch.

Ein Schaufenster gab es nicht, denn Georg verkaufte keine Uhren. Er reparierte sie, und es gab Uhren genug, die nicht laufen wollten. Das Fenster zur Straße hin war breiter als hoch. Eine engmaschige Gardine machte die untere Hälfte für Neugierige undurchsichtig. Hinter der Gardine stand ein Tisch mit allerhand kleinem Werkzeug darauf, hinter dem Tisch saß Meister Krohn, und hinter ihm tickten die Uhren, die er wieder zum Leben erweckt hatte.

Das zweite Fenster der Werkstatt zeigte zum Schwarzen Weg hin, der sich zwischen Georgs grauem Haus und Glindmeyers Gemüsehandlung durchzwängte. Auch hier war die untere Scheibenhälfte mit einer Gardine verhängt. Und auf dieses Fenster hatten wir es abgesehen!

Zuerst mussten wir die Dunkelheit abwarten. Sobald unser Späher meldete, dass Georgs Fenster hell waren, zogen wir los. Der lange Willi Bostel aus der siebenten Klasse schielte über die Gardine. Saß Georg mit krummem Rücken an seinem Tisch und stocherte in den Eingeweiden einer Uhr herum, hob Willi die Hand. Es konnte losgehen!

Was wir brauchten, hatten wir mitgebracht: eine frische Kartoffel, rund, nicht zu groß und nicht zu klein, einen handlangen Holzstab, etwas dünner als der kleine Finger, ein Knäuel Drachenschnur, eine Schachtel Reißzwecken und ein scharfes Klappmesser. Jürgen Waller hielt die Taschenlampe. Otto Nikolaus, der die geschicktesten Hände hatte, spitzte den Holzstab, schnitt ein paar Widerhaken an, damit unser Klöppel nicht abrutschte, und stieß ihn in die Kartoffel. Das andere Holzende kerbte er ein und knotete eine gut fingerlange Bandschlaufe daran. Zuletzt befestigte Otto die Drachenschnur eben über der Kartoffel.

Dann wurde Jürgen an die Hausecke geschickt. Die Straße musste für kurze Zeit menschenleer sein, denn kein Erwachsener durfte im kritischen Augenblick in den Schwarzen Weg einbiegen. Ein kurzer Blink mit der Lampe signalisierte, dass die Luft rein war.

Sofort nahm der lange Willi den kleinen Otto auf die Schultern, baute sich neben dem Fenster auf, und Otto tat, was zu tun war. Er klemmte die Bandschlaufe behutsam mit einer Reißzwecke am oberen Fensterrahmen fest und setzte den Kartoffelklöppel geräuschlos auf die Scheibe. Wir anderen leiteten die Drachenschnur über Glindmeyers Dachrinne bis an die Hausrückwand. Dort stellte sich der Operateur hinter die leeren Gemüsekisten. Alle anderen versteckten sich in der öffentlichen

Bedürfnisanstalt auf der gegenüberliegenden Straßenseite und beobachteten das graue Haus durch den Türspalt.

Ein Pfiff!

Der Operateur zog mit wohlabgemessenen Zügen an der Leine. Der Klopfgeist begann an Georgs Fensterscheibe zu hämmern.

Bum, bum, bum! Pause. Bum, bum, bum! Pause. Bum, bum, bum!

Drei Klopfserien, länger dauerte es meistens nicht. Dann schoss ein zorniger Georg aus der Ladentür, drohte mit einem Handfeger in alle Richtungen, drehte sich dabei wie ein Kreisel und schrie:

„Wohr di wech, oder ick brenn di een!"

Die finstere Drohung, wir sollten uns davonmachen, sonst zöge er uns eins über, wurde nie wahrgemacht. Denn keiner der Ruhestörer ließ sich je erwischen.

So blitzartig, wie Georg auftauchte, verschwand er auch wieder. Ein hocherhobener Handfeger war das letzte, was wir von ihm zu sehen bekamen. Dann schlug die Tür zu.

Georg trat immer nur einmal auf. Selbst wenn unser Geist weiterklopfte, ließ er sich kein zweites Mal am selben Tag aus seiner Werkstatt locken. Dieses Spiel trieben wir in gewissen Zeitabständen fast ein Jahr lang, nur um den drohend erhobenen Handfeger zu sehen und „Wohr di wech, oder ick brenn di enn" zu hören.

Georg lebte ein zweites Leben, aber kein anrüchiges, das er verbergen musste: Er fischte. Frühmorgens, nachts, an Sonn- und Feiertagen. In den Monaten Mai, September und Oktober, wenn der Aal lief, klemmte er ab und zu einen Pappdeckel unter das weiße Schild, auf dem stand: Heute geschlossen. Morgen frische Aale.

Sein Boot lag im Alten Hafen, gleich hinter dem Krabbenschuppen, ein seltsames Wasserfahrzeug, schwarz geteert, vorne und hinten gleich rund, ohne den gewohnten Schiffsbauch in der Mitte. Die Besitzer lackglänzender Segelyachten lachten darüber und nannten es „Georgs Brikett", eine Bezeichnung, die das Äußere treffend charakterisierte. Nur Georgs kleinen Benzinmotor betrachteten sie mit Respekt, denn er war der einzige Motor im Alten Hafen, der immer ansprang, wenn er gebraucht wurde.

Für seine Fischzüge zog Georg die langen Stiefel an. Die Schäfte reichten ihm bis zu den Hüften hinauf, so dass er sie mit einer um den Nacken geschlungenen Leine vor dem Abrutschen sichern musste. Als Kopfbedeckung trug er einen breitkrempigen Strohhut, denn blaue Seglermützen mit goldgestickten Ankern verabscheute er. Die Leute hatten sich an Georgs Aufzug gewöhnt und schüttelten längst nicht mehr die Köpfe, wenn seine Langschäfter mit ihm zum Hafen stiefelten. Denen, die am Kai herumlungerten, warf er im Vorübergehen ein kurzes „Moin!" zu und stieg, ohne sich aufzuhalten, in sein Brikett.

Zuerst setzte er die Ruderpinne ein, die er vorsorglich nach jeder Fahrt herauszog und mit nach Hause nahm, damit sich kein Unbefugter an seinem Boot vergriff. Dann schloss er den hölzernen Motorenkasten auf, nahm den Deckel ab, griff mit flinken Händen hierhin und dahin, spritzte irgendeine Flüssigkeit in den Vergaser, setzte die Kurbel ein, drehte einmal, zweimal, dreimal – und er lief!

„Georgs Nähmaschine kommt auf Anhieb. Wie macht er das bloß?" sagten die Hafenbutjes neidvoll und sahen ihm nach, wie er krummrückig, den Arm auf die Pinne gestützt, die Hafenausfahrt ansteuerte. Nicht allein die Kunst, einen widerspenstigen Benziner zum Laufen zu überreden, auch sein Glück beim Aalfang war ihnen ein Rätsel. Wenn sie in leere Eimer schauten, hatte Georg seinen voll.

„Die Aale laufen ihm nach. Er hat etwas von einem Rattenfänger an sich“, sagten sie mit widerwilliger Bewunderung.

Sie versuchten alles, fuhren ihm hinterher, fischten in seiner Nachbarschaft, um von seinem Glück zu profitieren. Aber die Aale wollten sich nur von Georg fangen lassen. Er zog einen nach dem anderen aus dem bleiernen Elbwasser, und bei ihnen ging kaum einer an den Wurm. Gelang Georg ein besonders gewichtiger Fang, lüftete er seinen Strohhut und verbeugte sich in ihre Richtung, als wollte er sich bedanken, dass sie den Prachtaal zu ihm geschickt hatten. Georg konnte auch boshaft sein.

„Er behext den Fisch! Es kann nicht anders sein“, sagten sie und gaben es auf.

Georg bewahrte seine Fänge in einem Hüttfatt auf, einem Holzkasten, der an einer Kette im Wasser schwamm und sich mit Ebbe und Flut senkte und hob. Durch viele kleine Bohrlöcher konnte das Wasser einströmen und dünne Aaljünglinge konnten in die Freiheit flüchten. Ein Hängeschloss sicherte die Einfüllklappe, und den Schlüssel dazu trug Georg an einem Schlüsselring.

Eines Tages war das Schloss erbrochen und das Hüttfatt leer. Georg kniff die Lippen zusammen, verlor kein Wort, zog den Kasten bei Springflut an Land, schaffte ihn mit der Schiebkarre zum Schmied und ließ drei starke Bandeisen herumschmieden. Und eigenhändig konstruierte er ein monströses Hängeschloss mit einem fingerdicken Schließbügel.

„Georg hat sich eine Schatztruhe gebaut“, spottete man am Alten Hafen. Aber von da an gab es keine unerwünschten Teilhaber mehr.

Wenn Georg Aale verkaufte, ruhte die Uhrmacherei. Der Handel fand draußen auf dem Hof statt, und er hatte seine feste Kundschaft. Die Ware wurde lebend nach Größe sortiert in flachen Holzkästen dargeboten. Georg, eine grüne Schürze um, holte die gewünschten Exemplare, ob dick oder dünn, mit einem eisernen Fingergriff heraus, schlachtete sie und zog ihnen blitzschnell die Haut ab. Mariechen wog, wickelte ein, kassierte, besorgte das Reden. Und niemand regte sich darüber auf, dass ein Uhrmacher Aale statt Uhren verkaufte.

Dann kam der Eiswinter. Der Frost setzte spät im Januar ein und holte bald nach, was er vorher versäumt hatte. Gräben und Fleete froren zu, wir schnallten die Schlittschuhe an. Auch der Alte Hafen bekam seinen Teil ab. Aber durch das Auf und Ab des Tidenhubs dauerte es länger, bis das Eis zu einer festen Decke gefror.

Georg machte sich Tag um Tag mit der Spitzhacke daran, das Eis rund um den Bootsrumpf herum kleinzuschlagen, damit die Planken vom Press nicht lecksprangen. Auch seinem Motor tat er Gutes. Er ließ beizeiten das Kühlwasser ab und wickelte ihn in Decken ein, bevor er die Holzhaube wieder darüberstülpte.

Der Frost dauerte an. Auf der Elbe mussten die Schiffe sich durch knirschende Schollenfelder schieben, und Georg hackte sich durch den Februar hindurch bis in den halben März hinein. Die Blutblasen an den Händen mehrten sich, und sein Rücken wurde noch krummer.

„Georg umhegt sein Brikett wie ein Kind. Kommt davon, wenn man keine eigenen hat“, sagten sie am Hafen.

Der Mondwechsel drehte den Wind von Ost auf West herum, und der Westwind brachte Tauwetter mit. Georg konnte aufatmen, und wir packten die Schlittschuhe weg. Es dauerte zehn Tage, bis die Eisdecke im Alten Hafen aufbrach. Die Schollen gerieten in Bewegung, und ein gefährlicher Sport, das „Eisschollenschippern", wurde Mode. Er blieb den älteren Jungs vorbehalten. Wir trauten uns nicht und begnügten uns mit dem Zugucken.

Zwei Gymnasiasten aus der Elften waren darin besonders geschickt. Sie sprangen von Scholle zu Scholle hafenauswärts, wo das Eis lockerer lag, suchten sich eine größere Eisinsel aus und schoben sie mit langen Stöcken voran. Rechtzeitig vor der Hafenausfahrt wollten sie ihr Schiff in die Bucht vor Mole IV dirigieren und ans Ufer springen. Wir begleiteten ihre Seereise von Land aus, und unsere Bewunderung wuchs, je weiter sie kamen.

Dann ging es ganz schnell. Plötzlich löste sich ihre Eisscholle vom übrigen Feld, nahm Fahrt auf, blankes Wasser um sie herum schnitt ihnen den rettenden Sprung ab, und der harte Ebbstrom sog sie in das Elbfahrwasser hinaus.

Nach dem ersten Schreck rannten wir auf den Deich zu, um Hilfe zu holen, aber wie man helfen konnte, wussten wir nicht. Ein paar Leute waren am Hafen, denen wir die Unglücksnachricht schon von weitem zuschrien. Einer von ihnen rannte zur Gastwirtschaft hinauf, dort gab es ein Telefon. Alle anderen beratschlagten aufgeregt.

In diesem Augenblick kam Georg über den Deich, erfuhr, was geschehen war, hielt sich nicht mit dem Wort auf, stieg in sein Brikett. Der Motor dankte die Fürsorge, hustete ein paarmal, sprang an und lief rund. Jetzt wollten alle mitfahren und helfen. Aber Georg winkte ab. „Boot wird unnötig schwer, brauch'n leichtes." Und dann zeigte sein belächeltes Brikett, was es leisten konnte, schob sich mit seinem hochgereckten Löffelbug über die Eisränder, kippte die Schollen an und drückte sie verächtlich beiseite. Georg ließ ihm seinen Willen, bewegte das Ruder nur sparsam, und der Benziner schnurrte zufrieden. So gewann er in einer Viertelstunde die Ausfahrt.

Er entdeckte die beiden sofort. Sie trieben mit ihrer Insel im Fahrwasserstrom dreihundert Meter elbabwärts zwischen dem weißen Leuchtturm und der Strandhalle: Zwei dunkle Gestalten auf weißem Feld, die flehend die Arme schwenkten. Georg schaute nach rückwärts. Hinter Mole IV kam nichts aus der Schleuse. Eine Sorge war er los. Auslaufende Schiffe brachten zusätzliche Schwierigkeiten, weil sie das Eisfeld mit ihren Bugwellen durcheinanderwirbelten.

„Sie haben noch Glück im Unglück. Hoffentlich drehen sie nicht durch und kippen die Scholle. Muss mich beeilen", murmelte er und gab vorsichtig mehr Gas.

Die Schollen kreiselten im reißenden Ebbstrom, und während sie sich jagten, knufften und aneinander rieben, knirschten sie zornig. Die Spalten zwischen ihnen öffneten und schlossen sich schnell, und ebenso schnell zickzackte Georg zwischen ihnen hindurch. Sein Brikett steckte die Schläge des Eises gleichmütig ein, als wüsste es, dass es nicht ohne Prügel abgehen würde. Es dauerte eine halbe Stunde, bis Georg in Rufweite war.

„Bleibt in der Mitte und rührt euch nicht. Bin gleich da!" rief er ihnen zu. Sie gehorchten, nahmen die Arme herunter und wurden steif. Georg legte so sanft an, als wollte er den Eisrand streicheln. Dann nahm er den Zeigefinger.

„Du zuerst“, sagte er, „und du bleibst, wo du bist! Sonst kippt die Scholle.“ Das begriffen sie, und die Übernahme ging glatt. Auf der Rückfahrt saßen die beiden Seefahrer nebeneinander auf der Mittelbank mit gesenkten Köpfen und Gesichtern, die immer noch von der Angst gezeichnet waren. Sie brachten kein Wort heraus, und Georg war es recht so.

Im Alten Hafen wartete eine schweigende Menge auf ihre Ankunft. Georg schickte die Jungs an Land, versorgte den Motor, schloss den Kasten ab und zog die Pinne heraus. Wie immer. Dann wollten ihm alle die Hand drücken, und der Fotograf nahm ihn ins Visier.

„Schon gut“, sagte Georg, drehte sich verschreckt um und verschwand eilig hinter dem Deich.

„Im heldenhaften Einsatz zwei Schüler aus Lebensgefahr gerettet!“ hieß die Schlagzeile in der Zeitung. Darunter ein Foto von Georg, wie er mit verkniffenem Mund und krummem Rücken misstrauisch in die Kamera schaute, die Ruderpinne unter den Arm geklemmt. Dann kam eine heroische Schilderung der Rettungstat mit Einzelheiten ausgeschmückt, von denen Georg nicht wusste. Er weigerte sich, den Artikel zu Ende zu lesen. Aber Mariechen las ihn. „Jetzt bist du ein Held“, sagte sie.

„Das hat mir gerade noch gefehlt“, war Georgs bissige Antwort.

Die großen Blumensträuße von den dankbaren Eltern musste Mariechen entgegennehmen. Georg ließ sich nicht blicken. Und den ganzen Nachmittag über klingelte die Ladentür, Kunden, die Uhren brachten, zum Nachsehen, Putzen, Entstauben und was nicht alles. Sie hofften aus berufenem Mund eine dramatische Geschichte zu hören und mussten mit Mariechen vorlieb nehmen. Georg hatte sich in die Küche verkrochen.

„Können sie mich denn nicht in Ruhe lassen?“ sagte er mutlos. Aber etwas Gutes kam für Georg dabei heraus: Der Klopfgeist stellte ab sofort seine Tätigkeit ein. Wir beratschlagten noch am selben Abend und entschieden einstimmig, dass ein Held nicht geärgert werden durfte.

Es geschah im Jahr darauf, Ende Oktober und in der Nacht von Samstag auf Sonntag. Eine der angenehmen Nächte, mit denen sich der zehnte Monat verabschieden kann, wenn er an den Sturmmonat November übergibt. Die Temperatur lag zwischen warm und kalt, die Leuchtfeuer zeigten scharfe Ränder, und der Wind wehte stetig aus West mit Stärke zwei.

Eigentlich war die Aalsaison schon vorbei. Nur Nachzügler, die zu lange in den kleinen Flüssen herumgetrödelt hatten, strebten noch dem Meer zu. Georg wollte einen letzten Versuch machen, fuhr gegen Abend mit fallendem Wasser in Richtung Elbmündung, um mit steigender Flut den Aal abzupassen. Er käme am frühen Morgen zurück, nicht später, sagte er zu Mariechen, als er aus der Tür ging.

Am Alten Hafen war es still geworden. Die meisten Segelboote hatten aufgeslippt, ihre Kapitäne saßen im Gasthof „Zur Fernsicht“ und erzählten sich haarsträubende Seeabenteuer, die sie sich gegenseitig nicht abnahmen. Nur Gustav Allmers, der Krabbenfischer, sah Georg über den Deich huschen mit der Ruderpinne unter dem Arm. Kurz danach lief der Motor, und er legte ab.

„Das lohnt sich nicht mehr, Georg“, hatte er ihm noch nachgerufen, keine Antwort bekommen und keine erwartet. Könnte so gegen sieben Uhr gewesen sein, gab Gustav später an.

Es wurde Sonntagmorgen. Georg kam nicht. Der Vormittag verging, der Mittag kam, aber Georg kam nicht. Mariechen wurde unruhig und ging zum Alten Hafen, was ihr sonst nie einfiel. Georgs Brikett lag nicht an seinem Liegeplatz, und weit und breit war kein einkommendes Boot zu sehen. Nun wusste Mariechen sich nicht mehr anders zu helfen, als zur Polizei zu gehen. Die Polizei meldete Georgs Verschwinden an den Wasserschutz weiter. Wasserschutzboot und Zollkreuzer machten sich gemeinsam auf die Suche, der eine elbaufwärts, der andere elbabwärts. Sie suchten die kleinen Häfen ab, in die ein Boot mit Motorschaden eingelaufen sein konnte, fuhren an den Sänden entlang und schauten, soweit es der Tiefgang erlaubte, in die Prielmündungen hinein. Vergeblich.

Georg kam zurück, nach Sonnenuntergang, auf dem Deck eines Kümos, mit einer Flagge zugedeckt, und sein Brikett folgte ihm gehorsam an der Schleppleine.

„Merkwürdige Geschichte“, berichtete der Kümo-Kapitän später. „Wir fanden ihn draußen bei Elbe III. Saß zusammengekrümmt, Kopf auf der Brust, Ellenbogen auf der Pinne, Hand um den Knopf geschlossen, als ob er schlief und im Schlaf seinen Kurs hielt. Aber der Motor lief nicht, das Boot trieb mit dem Strom. Irgend etwas kam uns nicht geheuer vor. Wir gingen vorsichtig längsseits, und der Bootsmann stieg über: Der Mann schlief nicht – er war tot und der Benzintank war leer. „Mir ist's ein Rätsel“, sagte er kopfschüttelnd, „wie ein Boot, von einem Toten gesteuert, zwanzig Meilen zurücklegen kann, durch das eingeschnürte Fahrwasser bei Cuxhafen kommt bis nach Elbe III hinaus, ohne dass es einem Schiff vor den Bug gerät und überrannt wird.“

„Einwandfrei Herzschlag“, stellte der Arzt fest. „Nichts Ungewöhnliches in seinem Alter. Aber wie eine Leiche sich vierzehn Stunden – denn so lange ist er ungefähr tot – sitzend am Ruder halten kann, dürfte ein medizinisches Rätsel sein.“

Es wurde eine große Beerdigung. Die Zeitung brachte wieder mal einen spektakulären Artikel mit einem Bild von Georgs verwaistem Brikett und einem unpassenden Vergleich mit dem „Fliegenden Holländer".

Es war gut, dass Georg ihn nicht mehr lesen konnte.

## *Der Spinnrekord von Altona*

*Drei Spinnen spannen spät im Jahr*
*noch einmal um die Wette.*
*Es ging darum, wer von den drein*
*den längsten Faden hätte.*

*Dicht bei Hannover war der Start.*
*Man spann in Richtung Norden,*
*denn Altona war Spinnrekord.*
*Und was ist draus geworden?*

*Die erste ist bei Celle schon*
*auf einen Baum geklettert*
*und hat sich da an einem Ast*
*den Spinnenzwirn verheddert.*

*Auch Nummer zwei spann nicht Rekord,*
*und jeder darf das wissen:*
*Päng! machte es bei Lüneburg –*
*der Faden war gerissen.*

*Die Nummer drei spann wunderbar,*
*spann dünn und fest und munter*
*und tauchte (das war klug von ihr!)*
*im Elbetunnel unter.*

*Da unten in der Feuchtigkeit*
*wars Spinnen keine Wonne;*
*doch sie hielt durch und spann sich bei*
*St. Pauli an die Sonne.*

*Und weiter ging's nach Altona*
*bei leichtem Nieselregen.*
*Sie spann und spann*
*und spann und spann –*
*dem Spinnrekord entgegen.*

*Drei Häuser nur vor Altona*
*an einer Hausfassade,*
*da ging auch ihr der Faden aus ...*
*Ist das nicht jammerschade!?*

# SIE NANNTEN IHN OVAMBO

Er unterrichtete Geschichte und Englisch, trug Tag um Tag den gleichen Bleyleanzug, graublau, ausgelaugt, ohne Bügelfalten. Sie vermuteten, dass er drei Anzüge derselben Machart im wöchentlichen Wechsel anzog, sonst hätte er wohl gestunken. Aber er stank nicht, und niemand wagte ihn nach der Anzahl seiner Bleyleanzüge zu fragen.

Wer ihn nur einmal sah, vergaß ihn gleich wieder. Es war nichts Bemerkenswertes an ihm, wenn man nur auf sein Äußeres schaute. Und doch wurde er an der Schule zu einer legendären Gestalt.

Redete er sich in Begeisterung, streute er Spuckeflocken vor sich her, und in Begeisterung redete er sich immer, wenn es um England und die englische Lebensart ging. Sie brauchten ihm nur ein Stichwort zu geben, dann breitete er Englands Macht und Herrlichkeit vor ihnen aus, hörte widerwillig beim Pausenklingeln auf und vergaß die Hausaufgaben. Das fanden sie bald heraus. Er wurde ihr Klassenlehrer.

Seinen Spitznamen bekam er gleich in der ersten Woche während einer Englischstunde. Eigentlich hatten sie nichts in der Geographie zu suchen und in Afrika schon gar nichts, aber jemand erwähnte das Wort Gibraltar. Sofort begann er eine Reise von England über Gibraltar, Malta, durch den Suezkanal, quer durch Afrika an die Westküste, bis sie sich im Busch verirrten und bei einem Negerstamm landeten: den Ovambos. Er spuckte und schwärmte: hochgewachsen, von edler Gestalt wären diese Ovambos, Superathleten im Hochsprung, sie übersprängen die Zweimeterhöhe, mühelos, fast aus dem Stand, den Kopf weit voraus gereckt.

Bisher waren sie mit der germanischen Rasse traktiert worden und hatten wenig über Neger gehört, wussten kaum mehr, als dass jene eine dunkle Hautfarbe hatten und recht primitiv lebten. Aber mühelos zwei Meter! Und das aus dem Stand! Die Klasse ließ ein ketzerisches Gemurmel hören.

Und dann – was sollte das geben? Er zog die Jacke aus. Er ging in die Ecke zurück bis zum Kartenständer. Wollte er etwa die Kopfvoraus-Hochsprungtechnik dieser sagenhaften Ovambos hier im Klassenzimmer vorführen? Er beugte die Knie, streckte sich, spannte seinen gedrungenen Tonnenkörper und – schoss, den Kopf unnatürlich weit voraus gereckt, auf eine atemlose Klasse zu. Auf den ersten Bänken duckte man sich. Wollte er an die Decke springen? Oder über die Köpfe der Schüler hinweg? Sie erfuhren es nie.

Anstatt sich vom Boden zu erheben und in die Höhe zu schrauben, worauf alle gespannt warteten, glitt er auf dem gebohnerten Linoleum aus, schlitterte den Kopf voraus auf dem Bauch durch den Mittelgang und prallte hörbar gegen den Fuß von Döbel Nagels Sitzbank. Nach einer Schrecksekunde sprang der lange Döbel auf und stellte seinen Lehrer wieder auf die Beine.

„Bin eben kein Ovambo …“, murmelte er benommen, und das Blut aus der Stirnplatzwunde zog rote Streifen über sein Gesicht. Niemand wagte zu lachen. Döbel versuchte mit seinem nicht ganz sauberen Taschentuch das Blut zu stoppen und marschierte mit ihm zum Arzt.

Seitdem nannten sie ihn Ovambo.

Der lange rothaarige Döbel aus Friedrichskoog III holte häufig in den Schulstunden den versäumten Nachtschlaf nach. Das hing mit der väterlichen Gastwirtschaft zusammen, in der er oft noch spätabends Bier ausschenkte. Hellwach war er immer im Musikunterricht, nicht etwa, weil er musikalisch war, sondern weil er bei dem gutmütigen Opa Dommes ungefährdet eine Skatrunde auf der letzten Bank organisieren konnte.

Ovambo behandelte Döbel seit dem missglückten Hochsprung recht freundschaftlich und nachsichtig wie ein guter Onkel seinen etwas leichtsinnigen Neffen. Er ließ ihn in Ruhe, wenn Döbel wieder mal in der Gastwirtschaft eine lange Nacht abgedient hatte, und auch sonst fragte er ihn nur dann, wenn er sicher sein konnte, eine passable Antwort zu erhalten. Döbel war in Ovambos Unterrichtsstunde lammfromm, ganz gegen seine sonstige Gewohnheit.

Dabei war die erste Begegnung zwischen den beiden hochdramatisch verlaufen.

„Der neue Klassenlehrer soll einen Dachschaden haben", berichtete Döbel eines Morgens begeistert. Wahrscheinlich hatte er das Gerücht in der Gaststube aufgelesen. „Er wurde im Krieg in einem Unterstand verschüttet und gasvergiftet. Seitdem tickt er nicht mehr so richtig." Döbel wertete das als einen ungewöhnlich günstigen Umstand und beschloss die erste Stunde bei dem Neuen gleich mit einem Skat zu beginnen.

Ovambo schien lange Zeit nichts zu bemerken. Erst am Beginn der zweiten Stundenhälfte spurtete er pfeilschnell auf die Skatecke zu. Döbel fegte zwar im letzten Moment die ausgespielten Karten von der Platte, aber das machte die Situation nicht besser.

„Aufsammeln", sagte Ovambo ruhig.

Döbel klaubte die Karten vom Fußboden auf. Was kam jetzt? Die Klasse wagte kaum Luft zu holen. Das konnte ja nicht gutgehen! Ein Büßermarsch zum Direx war das wenigste.

„Jeder steckt sein Blatt wieder zusammen wie es bei Spielbeginn war und zeigt es vor. Aber nur mir!“ forderte Ovambo.

Zögernd wurden die gewonnenen Stiche unter den Hosenböden hervorgeholt, die Karten ausgetauscht und zusammengesteckt. Was kam nun?

Ovambo studierte reihum die Karten und fragte interessiert: „Was wird gespielt?“

„Er spielt Herz.“ Brillen-Numsen zeigte auf Döbel Nagel.

Moppel Pannemann, der dritte Skatkumpan, saß mit knallrotem Gesicht da und wagte sich nicht zu bewegen. Er dachte an das häusliche Strafgericht, das kommen musste, wenn diese Sache ruchbar wurde. Sein Vater, „Peitsche“ Pannemann, war nicht nur sehr streng – er war auch noch Lehrer in ihrer Schule.

„Wie hoch wurde gereizt“? erkundigte sich Ovambo.

„Dreißig“, brummte Döbel mit Grabesstimme.

„Dreißig??“ Ovambo schaute mit ärgerlich gerunzelter Stirn auf Döbels Karten.

Ja, und dann mussten die drei Skatlöwen unter seiner Aufsicht das Spiel spielen. Danach machte er Döbel Nagel aus Friedrichskoog III ganz fürchterlich herunter, weil er einen unverlierbaren Null ouvert nicht ausgereizt hatte. Kein Armsündergang zum Direx. Keine Eintragung ins Klassenbuch. Keine kassierten Spielkarten. Er setzte die Sünder nicht mal auf die vordersten Bänke um, wie es sonst Mode war.

„Nee, einen Dachschaden hat der nicht“, sagte Döbel in der Pause anerkennend. „Wer so gut Skat spielt wie der ...“ Und von da an spielte er seinen Schulskat nur noch bei Opa Dommes.

Wir gewöhnten uns an Ovambo, an seine Bleyleanzüge und an seinen englischen Tick.

Im Sommer, wenn die Hausaufgaben störten, weil das Wetter

zum Baden einlud, war Ovambos Tick besonders nützlich. Irgendeiner brauchte dann nur die „englische Frage“ zu stellen. Zum Beispiel: Ist es wahr, dass Admiral Nelson vor einer Seeschlacht das Fernrohr an sein blindes Auge setzte?

Dann hatte Ovambo sein Stichwort, und die Englisch- oder Geschichtsstunde wurde zum Abenteuer. Er begann die Ruhmestaten von Admiral Nelson so anschaulich zu schildern, dass die Klasse dabeizusein glaubte. Sie blockierten den Hafen von Brest, kaperten französische und spanische Handelsschiffe, verfolgten die Franzosen mit vollen Segeln bis zu den Westindischen Inseln. Die Pause hindurch formierten sie sich für die Schlacht von Trafalgar. In der nächsten Stunde sprachen die Kanonen, stürzten die Masten, sprangen die Entermannschaften über. Beim zweiten Pausenklingeln enterten sie gerade den riesigen spanischen Dreidecker Santa Anna, konnten aber den Sieg nicht vollenden, weil der nächste Lehrer auftauchte, um seine Stunde anzutreten. Es half nichts, Ovambo musste die Klasse verlassen, drehte sich in der Tür noch einmal um und rief ihnen zu: „Trafalgar war ein grandioser englischer Sieg, der Englands Seemacht für ein weiteres Jahrhundert festigte – nicht vergessen! – Entschuldigung, Herr Kollege! Ha-hem ...“ Der Kollege schaute ihm kopfschüttelnd nach, und die Klasse war wiedermal ohne Hausaufgaben davongekommen.

So müsste man fröhlich weitererzählen können, eine Geschichte, an die sich jeder später gern erinnert mit einem Ovambo, der in Ehren pensioniert wird, und ehemaligen Schülern, die seine Schrullen und den englischen Tick stillvergnügt an die eigenen Kinder weitergeben. Es kam anders.

Ein halbes Jahr später brauchten sie sich nicht mehr über fremde Kriege zu ereifern. Sie bekamen ihren eigenen Krieg.

Krieg mit Polen, Krieg mit Frankreich, Krieg mit England, Krieg mit halb Europa. Dazu Fanfaren, Sondermeldungen, Wochenschauen und Siege natürlich – viele Siege. Und viele Schüler und Lehrer zogen graugrüne, schwarze oder blaue Uniformen an.

Ovambo blieb. Ovambo kam weiter in Bleyle. Er war zu alt für die Uniform. Und außerdem gab es ja noch den Schaden, den Dachschaden vom Krieg davor.

Jetzt konnten sie mit den anderen Lehrern über den Krieg reden, die ganze Stunde hindurch. Jetzt vergaßen auch die anderen Lehrer die Hausaufgaben.

Mit Ovambo ist nichts mehr los, darin war sich die Klasse einig. Ovambo war uninteressant geworden. Er hielt sich streng an das Thema des Unterrichts. Keine Seeschlachten mehr und keine englischen Ausflüge. Nur schaute er jeden Einzelnen von ihnen an, als wollte er sich ihre Gesichter für lange Zeit einprägen. Manchmal verlor er den Faden seines Satzes, starrte geistesabwesend durch ein Fenster auf den Sportplatz hinaus, schreckte auf, als hätte er Schlimmes gesehen, und fand nur mühsam zu seinem Thema zurück.

Döbel Nagel spielte keinen Skat mehr in der Schule, er hatte Wichtigeres zu tun: Döbel führte eine Karte von Europa mit Pfeilen und Kreuzen und kleinen und großen Kreisen, die jeden Tag geändert werden mussten für Truppenbewegungen, Angriffe, Panzerspitzen und eroberte Städte. Diese Karte brachte er mit, wenn die Fanfaren eine besonders wichtige Spitze oder einen dicken eroberten Kreis gemeldet hatten.

Nur Ovambo wollte keinen Blick auf Döbels Karte werfen. Er winkte ab und führte ein Selbstgespräch über Bismarcks Innenpolitik. Niemand hörte ihm zu, und er wusste das.

„Der alte Knacker taugt nicht mal mehr für das letzte Aufgebot“, sagte Döbel. Jedenfalls würde er der Erste sein, der aus der Klasse verschwände. Wetten? Er hätte sich schon bei der Panzertruppe gemeldet. Freiwillig.

Zuerst ging Ovambo. Der englische Tick. Noch einmal, zum letzten Mal.

Der Anlass war ein besonders dicker Kreis in Norwegen, ein Kreis um Narvik herum. Der brachte Ovambo zum Reden. „Krieg“, sagte er, „ist die Geißel der Menschheit, seitdem sie von den Bäumen stieg. Mit Steinbeilen fing es an, und jetzt sind wir bei den Bomben angelangt, die aus der Luft geworfen werden. Und sie treffen die Unschuldigen. Der Sieger will kassieren, und der Verlierer soll zahlen. So wird die Rechnung aufgemacht. Der Held wird mit Orden abgefunden, die Toten werden verscharrt, und den Müttern bleiben die Tränen. Das ist Krieg!“ Ovambo legte beide Hände über den Kopf, als wollte er die einstürzende Bunkerdecke abwehren. Wie damals. Ob wir denn nichts gelernt hätten aus der Geschichte? Ob er uns denn nur Jahreszahlen beigebracht hätte? Nur Jahreszahlen? Nichts anderes? Wichtigeres? Er ging durch die Bankreihen, schaute flehend in unsere steinernen Gesichter. Die Landkarte sollten wir uns ansehen, nur die Landkarte. Deutschland in der Mitte, eingekreist von allen Seiten. Rundherum mögliche Feinde. Wie schon einmal. In seinem Krieg. Auf die Räume käme es an! Auf die Rohstoffe! Er zählte auf: Afrika, Kanada, Australien, Indien, das ganze englische Empire. Und dann Amerika, das riesige Amerika. Amerika würde England nicht im Stich lassen. Wie schon einmal. In seinem Krieg ...

„Nein“, sagte Ovambo, „wir können diesen Krieg nicht gewinnen.“ Er schüttelte verwirrt den Kopf, als sei ihm klar geworden, welche Ungeheuerlichkeiten er eben ausgesprochen hatte.

Der nächste Lehrer kam. Ovambo ging und murmelte leise vor sich hin: „Sie glauben mir nicht. Keiner. Wie sollten sie auch. Nicht mal die Erwachsenen ...“ Dann sagte er laut: „Entschuldigen Sie, Herr Kollege, es kommt nie wieder vor.“

Es kam nie wieder vor.

Am übernächsten Tag wurde Ovambo aus der Schule geholt. Von zwei Herren in Zivil. Döbel Nagel fehlte an diesem Tag. Auf dem Schulhof redete man viel, von Verhören, Wehrkraftzersetzung und von Konzentrationslagern. Niemand wusste etwas Genaues. Ein englischer Tick war lebensgefährlich geworden und die Wahrheit auch. Aber ein „Dachschaden“, erworben im Krieg davor, bewahrte Ovambo vor dem Schlimmsten. Er wurde zwangspensioniert mit sofortiger Wirkung. Fünf Monate später gab er sich selber den Tod.

Als Erster ging Moppel Pannemann aus der Klasse, um nie wiederzukommen: vermisst.

Als Letzter verschwand Döbel Nagel. Er durfte keine schwarze Panzeruniform anziehen, dafür die graugrüne der Infanterie. Döbel kam wieder, spät, nach langer Gefangenschaft, mit nur einem Arm.

Heute ist Döbel Nagel Lehrer, aber bald wird man ihn pensionieren, in Ehren pensionieren. Man wird ihn für seine Verdienste um Schule und Schüler loben und natürlich auch für seine Haltung als aufrechter Demokrat.

Dass er seinen Lehrer verriet? Niemand wird ihn nach Ovambo fragen. Heute.

Auf
einer roten Wiese
tanzt ein grünes Schwein
mit einem blauen Ochsen
den Walzer hinkebein.

Die Ziege (sie ist rosa!)
pfeift den Takt dazu.
Fünf weiße Raben wiehern:
„Nanu! Nanu! Nanu!"

Ein quittengelber Kater
steht kopf und applaudiert.
Drei Frösche spielen Flöte.
(Die drei sind braun-karriert)

Der Karpfen reitet auf der Gans.
Der Igel bläst Posaune.
Der Hecht schaut aus dem Mauseloch
und grunzt vor guter Laune.

Der Mond glänzt lila. Und am Himmel
fliegt ein rabenschwarzer Schimmel
im Kreis herum und bellt:
„Heut ist verkehrte Welt!"

Wer's glaubt schaut zu, wie ich und Du.
Wer's nicht glaubt, kneift die Augen zu.

## *Verkehrte Welt*

*Auf einer roten Wiese*
*tanzt ein grünes Schwein*
*mit einem blauen Ochsen*
*den Walzer hinkebein.*

*Die Ziege (sie ist rosa!)*
*pfeift den Takt dazu.*
*Fünf weiße Raben wiehern:*
*„Nanu! Nanu! Nanu!“*

*Ein quittengelber Kater*
*steht kopf und applaudiert.*
*Drei Frösche spielen Flöte.*
*(Die drei sind braun-kariert)*

*Der Karpfen reitet auf der Gans.*
*Der Igel bläst Posaune.*
*Der Hecht schaut aus dem Mauseloch*
*und grunzt vor guter Laune.*

*Der Mond glänzt Lila. Und am Himmel*
*fliegt ein rabenschwarzer Schimmel*
*im Kreis herum und bellt:*
*„Heut ist verkehrte Welt!“*

*Wer's glaubt schaut zu, wie ich und Du.*
*Wer's nicht glaubt, kneift die Augen zu.*

## MASTER NEXT GOD

Ein Nachmittag Anfang Oktober. Es war windstill. Der Dunst hing über der Elbmündung und verschmolz Himmel und Wasser.

Der Hafenpriel zweigte fast rechtwinklig von der Elbe ab, war gut achthundert Meter lang, und bei Hohlebbe schrumpfte er zu einer schmalen Fahrrinne. Bald nach der Einfahrt dehnte er sich zu einem weiten Sack, zog sich hinter dem alten Krabbenschuppen wieder zusammen, machte einen sanften Bogen und wurde dann jäh von der Schleuse gestoppt. Dahinter quälte er sich noch einen Kilometer weiter und ging in einen Torfkanal über, den Segelyachten, die ihren Mast umlegen konnten, gelegentlich für romantische Reisen benutzten. Ein Stück Landschaft, in der die Moderne noch nicht viel verändert hatte.

Sie kamen jeden Tag, die vier, um die gleiche Stunde, hintereinander, in strenger Reihenfolge: Kapitän, Maschinist, Bootsmann, Matrose. Man konnte die Uhr danach stellen. Sie setzten sich auf die Deichbank, der Kapitän rechts außen, schauten auf die Elbe hinaus und schwiegen. Wenn es regnete oder stürmte, zogen sie Ölmäntel an und stülpten die Südwester über wie ehedem zu ihrer Zeit.

Die vier Mumien, so nannte man sie. Der Bootsmann mit dem faltenlosen, runden Gesicht, den rastlosen Händen und zweihundertzwanzig Pfund Lebendgewicht war eher das Gegenteil. Auch der Kapitän entsprach nicht dem respektlosen Vergleich. Die goldenen Ringe auf den Ärmeln seines blauen Jacketts hatte er abgetrennt, aber er hielt sich straff, und die wachen Augen strahlten immer noch Autorität aus. Der Matrose, lang und dürr mit verwittertem Gesicht, verriet mit seinen sehnigen Armen und den breiten Schultern, dass er noch nicht zur Mumie taugte. Nur der Maschinist hielt sich gebeugt, die pergamentene Haut und der oft abwesende Blick zeigten das Ende des Weges an.

Strandgut, dachte man, wären sie. Überbleibsel einer vergangenen Zeit, als nebst Gott der Kapitän Herr und Meister war. So war es und so war es nicht. Kaum etwas an der Elbmündung entging ihren wachsamen Augen. Sie wussten alles über Wasser und Winde, über Ebbe und Flut, über Motor-, Dampf- und Segelschiffe. Und sie wußten, was der andere wert war.

Sie gehörten zum Deich wie die Schafe zum Vorland und die Möwen zum Himmel. Sie strahlten eine Würde aus, die niemand anzutasten wagte.

Der Pfeifenstiel des Kapitäns zeigt auf einen dünnen schwarzen Strich, der sich eben aus dem Dunst herausschob.

„Da kommt er!"

Er bekam keine Antwort, denn was er sah, sahen die anderen auch. So blieben die Worte in der Luft hängen wie einst die selbstverständlichen Bemerkungen, die er auf der Brücke gemacht hatte: Es brist auf oder das Barometer fällt.

Noch vor vier Jahren hatten sie zu fünft auf der Deichbank gesessen, links außen der Lehrer. Der hatte nicht zur See fahren dürfen, was er ein Leben lang bedauerte. Farbenblind. Von einem Tag auf den anderen starb seine Frau, und sechs Wochen später mussten sie den Lehrer unter die Erde bringen. Da war noch ein spätgeborener Sohn, ein fröhlicher junger Mann. Um den kümmerten sich die vier Übriggebliebenen, gaben ihm ein Zuhause, ließen ihn studieren. Lehrer wollte er werden wie sein Vater, und er wäre es auch wohl geworden, aber dann das mit dem Rauschgift. Jetzt war auch er tot.

„Ja", antwortete der Kapitän. Er hatte das letzte Wort.

Inzwischen war die Segelyacht mit kahlem Mast unter Motor in den Hafenpriel eingelaufen. Ein Mann von gut vierzig Jahren in blauer Leinenhose und weißem Rollkragenpullover legte das Neun-Meter-Schiff sanft an das Bollwerk, machte die Leinen fest und stellte den Diesel ab. So ging das alle vierzehn Tage. Samstags kam sie im Laufe des Nachmittags unter Segeln oder mit Motor, je nachdem, ob der Elbstrom mit oder gegenan lief. Nur ein Mann an Bord. Und immer derselbe.

Warum verbrachte dieser Mann so viele Wochenenden in einem verschlafenen Hafenpriel in Gesellschaft von ein paar Hobby-Fischern, deren Boote von ihren Besitzern je nach Geldbeutel und Geschmack abenteuerlich zusammengeschustert worden waren. Gewiss, im Gasthof „Zum Elbblick" gab es hochgelobte Krabbenbrote, täglich frisch, der Aal in Aspik hatte die richtige Ausgewogenheit zwischen sauer und süß, und der Eiergrog brauchte den Vergleich mit dem berühmten Helgoländer Gebräu nicht zu scheuen. War es das? Die vier Alten hatten noch einen anderen Grund herausgefunden.

„Gehen wir", sagte der Kapitän und stand auf, nachdem er zuvor einen Blick auf die Uhr geworfen hatte.

Ihr gemeinsames Haus lag hinter dem Deich, ein alter Reetdachbau, an dem sie wenig verändert hatten. Sie wurden auch hinter dem Deich geboren, alle vier, besuchten dieselbe Schule, fuhren die Hälfte ihres Lebens auf demselben Schiff über die Meere, kehrten in ihr Dorf zurück, gemeinsam, am gleichen Tag. Gelegenheit zu einer Ehe hatte sich bei ihnen nicht ergeben. Sie setzten nur selten einen Fuß an Land. Als es mit der Seefahrt vorbei war, taten sie sich zusammen, kauften gemeinsam das Haus und lebten dort als Besatzung wie ehemals auf dem Schiff. Der Matrose war für Reinschiff und Garten zuständig, der Bootsmann für Reparaturen, Anstrich und Besorgungen, der Maschinist für Küche und Proviant. Der Kapitän übernahm die Geldgeschäfte und hielt ein Auge auf alles. Wie einst an Bord ordneten sie sich seiner letzten Entscheidung unter.

Um eben nach zehn kam der Bootsmann von seinem Deichposten zurück.

„Er sitzt jetzt in der Gaststube“, meldete er.

„Um halb zwölf wird er an Bord gehen, aber wir müssen uns vergewissern“, sagte der Kapitän.

„Mach *ich*“, antwortete der Bootsmann.

In der Gaststube des Elbblicks waren nur wenige Tische besetzt wie meistens um diese Jahreszeit. Die Saison war vorbei, die Segelboote wurden aufgeslipt und der Hafenpriel rüstete sich für den Winterschlaf. Der Schiffer der BARRACUDA, so stand es am Heck der eleganten Kunststoffyacht, saß allein an seinem Tisch, und der Wirt versorgte ihn mit den Köstlichkeiten des Hauses. In den Sommermonaten war die Gaststube voller, und eine Unterhaltung ließ sich nicht vermeiden. Aber er war kein Schwätzer, gab keine haarsträubenden Segelabenteuer zum Besten. Er hörte meist zu und ließ die anderen reden. Man hatte ihn gefragt, warum er denn ausgerechnet dieses Schlickloch so oft mit seinem Besuch beehrte und die Nachtstunden auch noch mit Angeln vergeudete. Krabbenbrot und Aal in Sauer, vom Eiergrog gar nicht zu reden, dazu die wohltuende Stille eines kleinen Hafens und die gedämpften Geräusche des Schiffsverkehrs auf der Elbe wären genau das, was seine Nerven nach vierzehn Tagen Im- und Export brauchten. Diese Erklärung schien die Neugierigen zu befriedigen, keiner fragte mehr.

„Er geht an Bord“, meldete der Bootsmann um halb zwölf.

„Dann wird es Zeit“, sagte der Kapitän.

Die ALOHA lag in der Krümmung achtzig Meter landeinwärts vom alten Krabbenschuppen an ihrem Steg vertäut. Mit elf Metern Länge, einer behäbigen Breite von vier Metern und einem starken Diesel war der Kutter ein seetüchtiges Fahrzeug. Das weißgescheuerte Teakholzdeck, die naturlackierten Aufbauten und blankpolierte

Messingbeschläge zeugten von sachkundiger Pflege. Der Kutter gehörte den vieren zu gleichen Teilen, und es schien, als hielte er sich abseits der Menge wie seine Eigentümer.

Alles ging ohne ein Wort ab. Jeder wusste, was er zu tun hatte. Kapitän und Maschinist stiegen an Bord. Dem Matrosen wurde ein Eimer zugereicht, dessen Tragbügel mit Kabelgarn umwickelt war. Der Bootsmann zog einen rechteckigen Holzkasten mit vielen kleinen Löchern an Land, in dem Aale in ihrem gewohnten Element lebendig aufbewahrt wurden. Er entriegelte das kräftige Vorhängeschloss, öffnete die Klappe, hob den schweren Kasten mühelos an und füllte den Eimer, den der Matrose ihm hinhielt, zu dreivierteln mit sich windenden Aalen. Während der Bootsmann den Kasten verschloss und ihn geräuschlos wieder ins Wasser gleiten ließ, gab der Matrose den Eimer an Bord und warf die Festmacheleinen los. Dann setzten beide den Kutter vom Steg ab, gaben ihm einen kräftigen Schwung voraus und sprangen an Bord.

Von der letzten Flut geschoben, glitt die ALOHA wie ein Schatten lautlos auf die Schleuse zu. Dreißig Meter vor der schwarzen Wand fierte der Bootsmann Hand über Hand einen Heckanker ins Wasser. Dann legte er mit dem Matrosen zusammen den Mast um, betteten ihn in eine hölzerne Schere, so dass er wie ein überlanger Zeigefinger auf das Schleusentor wies. Der Bootsmann machte sich daran, den Stahldraht des Vorstags mit einer Mischung aus Schweineschmalz und Rindertalg einzufetten, die er eigenhändig zubereitet hatte. Sorgsam strich er um den Draht herum, keinen Fleck auslassend, stippte von Zeit zu Zeit in die Schmiere und pfiff dabei eine unhörbare Melodie. Der Matrose holte ein braunes Vorsegel mittlerer Größe aus der Segellast, begann die Stagreiter mit der gleichen Sorgfalt und derselben Schmiere zu behandeln, hakte sie nacheinander über das Vorsteg und band das Segelbündel zusammen. Dann richteten sie gemeinsam den

Mast wieder auf und holten das große Beiboot längsseits, in dem alle vier Platz hatten. Die Tide kenterte, die ALOHA drehte sich langsam um den Heckanker und richtete ihren Bug hafenauswärts.

Der Mond hatte sich hinter einer geschlossenen Wolkendecke verschanzt, die Nacht war schwarz, ein sanfter Wind strich von Land zu Wasser.

Um Viertel nach zwölf zogen die vier ihre Handschuhe über, setzten mit dem Beiboot an Land und tauchten hafeneinwärts in der Finsternis unter.

Um halb eins setzte der Skipper der BARRACUDA sein Schlauchboot aus, legte zwei Angeln hinein und einen zylinderförmigen Kunststofffender, weiß mit blauer Kappe, ruderte hafeneinwärts am Krabbenschuppen vorbei, bis er die erleuchteten Fenster des Gasthofs in Sicht hatte. Dann warf er den kleinen Bootsanker aus, brachte seine Angeln zu Wasser und wartete, bis der Wirt die letzten Unentwegten aus der Gaststube scheuchte und die Lichter löschte.

Kurz nach eins kamen die vier zurück, tasteten sich ins Beiboot und setzten zur ALOHA über. Der Matrose heißte die Fock, die geräuschlos am Vorstag emporglitt. Das Fett tat seine Schuldigkeit. Er holte sie dicht, und sobald sie Wind fing, zog der Bootsmann Hand über Hand den Heckanker hoch. Der Kutter nahm Fahrt auf. Vom Wind gezogen und von der Ebbe geschoben glitt er wie ein Schemen durch die Nacht der Hafenausfahrt zu. Draußen an der Fahrwassertonne starteten sie den Diesel und machten die Positionslaternen an.

Es war am nächsten Morgen gegen acht Uhr, als der Hafenmeister, ein handfester Mann, zwei Beine in gelben Gummistiefeln über den Dollbord von Paul Schellhorns verwaistem Boot hängen sah, sich nicht lange besann und an Bord sprang.

Zwei Minuten später war er schon wieder an Land, hastete die Deichschräge hinauf und donnerte mit der Faust gegen die Tür vom „Elbblick“, bis sie von einem ärgerlichen Wirt im Morgenmantel geöffnet wurde. Bevor dieser den Mund aufmachen konnte, hatte der Hafenmeister ihn schon beiseite geschoben, rannte an das Telefon, wählte die Nummer des örtlichen Polizeipostens und gab seine Botschaft durch. Danach bat er um einen Korn, einen doppelten, berichtete dem Wirt, was er entdeckt hatte, und der eilte ins Schlafzimmer, um sich anzukleiden. Er wollte sich mit eigenen Augen überzeugen.

Der Apparat war in Gang gesetzt. Der Ortspolizist leitete die Meldung umgehend an die Kriminalpolizei weiter, und die wies ihn an, sich sofort an den Tatort zu begeben, um dafür zu sorgen, dass nichts berührt oder verändert wurde. Sie könnten frühestens in einer Stunde da sein. Und in einer Stunde waren sie da, zwei Autos und sechs Mann.

Ein Kriminalkommissar und ein Obermeister, Experten in Sachen Gewalt mit Todesfolge, stiegen in Schellhorns Boot, das eben hinter dem Krabbenschuppen im Windschatten lag.

Mit den Beinen über der Bordkante, mit den Schultern auf dem Gummiwulst und dem Kopf im Schlauchboot, so lag er da. Sein Kopf, leicht nach vorn geknickt, war auf einem weißblauen Fender gebettet, als sollte ihm die ewige Ruhe bequemer gemacht werden. Die geöffneten Augen schauten blicklos ins Leere. Auf dem Wollsweater zeichnete sich in Brusthöhe ein Fleck ab, und als der Kommissar den Sweater nach oben schob, kam ein blutiges Unterhemd zum Vorschein. Der Mann war tot.

„Dieser Fender ...“, sagte der Obermeister nachdenklich.

„Was ist mit ihm?“ Der Kommissar zündete sich mit den geübten Händen des starken Rauchers eine Zigarette an. Der Obermeister war Nichtraucher.

„Kann mir nicht vorstellen, dass er im Tode so draufgefallen sein könnte. Sieht mir eher danach aus, als hätte man ihm das Ding nachträglich unter den Kopf geschoben."

„Da können Sie recht haben. Lassen wir erst mal die anderen ran." Der Kommissar winkte dem Fotografen. Ebenfalls ein Experte, man brauchte ihm nicht zu sagen, was er zu tun hatte. Er wiederum wurden von den Fingerabdruckexperten abgelöst, deren akribische Arbeit etwas mehr Zeit in Anspruch nahm. Danach wurde die Leiche an Land getragen, auf eine Trage gebettet, und der Arzt begann mit seiner Untersuchung.

Der Obermeister drehte den Fender zwischen den Händen. Es war einer der handelsüblichen, gut vierzig Zentimeter lang, zwölf stark, weiß mit blauer Kappe und einem eingespleißten Festmacher im Auge. Schien ziemlich neu zu sein, zeigte keine Kratzer und Schmutzspuren vom häufigen Gebrauch. Er wollte ihn schon aus der Hand legen, da fiel ihm ein feiner Riss am Übergang von Weiß zu Blau auf, und er strich mit dem Daumen darüber. Es fühlte sich wie eine Stoßfuge an, die um den Fender herumlief. Da stimmte was nicht! Es klemmte den Zylinder zwischen die Schenkel, holte den zusammengeklappten Zollstock aus der Brusttasche, schob ihn als Hebel durch das Auge und versuchte zu drehen, linksherum. Die blaue Kappe ließ sich abschrauben, er griff in die Höhlung hinein, zog einen Plastikbeutel mit weißer Pulverfüllung heraus, hielt ihn hoch und gab ihn wortlos an den Kommissar weiter.

„Stoff", sagte der Kommissar. „Also darum geht's."

Die Untersuchung des Arztes ergab, dass der Mann dem ersten Augenschein nach mit einem runden, spitzen Instrument – er sagte tatsächlich Instrument – erstochen worden war. Fünf Einstiche, zwei davon ins Herz, die hätten schon genügt. Seltsam, wirklich sehr seltsam. Und was die Todeszeit anginge, nicht vor ein Uhr. Vorläufige Schätzung natürlich.

Der Kommissar zog ein Bordmesser aus der Hosentasche, klappte den Spleißdorn auf. Als Segler ohne Boot, aber begeisterter Mitfahrer hatte er dieses stabile Allzweckwerkzeug immer dabei.

„Damit vielleicht?"

„Möglich", sagte der Arzt. „Genaueres nach der Obduktion."

Dann wurde die Leiche mit einem Tuch abgedeckt, sauberes weißes Leinen, und die beiden Fingerabdruckexperten schoben die Bahre von hinten in den Kombi.

Nun wendete sich der Kommissar an den Hafenmeister, der die Betriebsamkeit unbehaglich beobachtete, die kalte Pfeife im Mund. Fragen mussten gestellt werden, und der Kommissar hatte die Angewohnheit, sie kurz nacheinander herauszustoßen, so dass dem Befragten wenig Zeit für Überlegungen blieb.

Ob er den Toten kenne? Ja, so wie man eben jemanden kennen würde, der alle vierzehn Tage im Hafen läge. Er als Hafenmeister hätte das Liegegeld zu kassieren, und gelegentlich wechselte man bei Fiete Krey ein paar Worte. Wer Fiete Krey wäre? Der Wirt vom Elbblick. Aha. Von dort aus hätte er auch die Polizei angerufen. Um welche Zeit? Eben nach acht müsste das gewesen sein.

Verzeihung, mischte sich der Ortspolizist in das Verhör, der Anruf wäre um vier Minuten nach acht durchgekommen. Auf die Minute genau. Er steckte das Notizbuch in die Innentasche seines Uniformjacketts zurück. Und nochmals Verzeihung für die Unterbrechung. Es gäbe keinen Grund, sich zu entschuldigen, nun wüsste er, dass sich der Hafenmeister wahrhaftig beeilt hätte. Ob er etwas angefasst oder verändert hätte am Tatort? Der Kommissar schaute den Hafenmeister an. Nein, ganz bestimmt nicht. Die Leiche angefasst? Unbewusst, so im ersten Schreck? Auch nicht. Er wüsste, dass man die Finger davon lassen sollte.

Der Hafenmeister zündete die Pfeife an, zog kräftig, stopfte nach und sog nach dem fünften Zug genussvoll den Rauch ein. Der Kommissar klopfte unschlüssig auf seine Hosentasche, seufzte resigniert, steckte die nächste Zigarette an. Der Obermeister wartete mit Notizbuch und Kugelschreiber darauf, dass es weiterging. Er stenographierte mit. Kein wichtiges Wort durfte verlorengehen.

Ob der Mann regelmäßig gekommen wäre, ging es weiter. Ja, alle vierzehn Tage und immer am Samstag. Jemals ausgesetzt? Nur bei Kuhsturm und vor zwei Jahren im Winter, solange die Elbe Treibeis führte.

„Haben Sie jemals –." Der Kommissar ließ seine Zigarrettenkippe fallen und bohrte sie mit der Hacke in den Grund – „jemals etwas bemerkt, was auf Rauschgifthandel hindeuten könnte?"

Der Hafenmeister nahm die Pfeife aus dem Mund. „Nein."

Das reiche vorläufig. Ob er noch etwas hätte, wandte sich der Kommissar an den Obermeister.

Ja, hätte er. Wem das Boot da gehöre? Der Obermeister zeigte auf das vernachlässigte Fahrzeug, an dem das Schlauchboot vertäut war. Das gehöre Paul Schellhorn, immer noch. Wo man den erreichen könnte? Auf dem Friedhof. Wäre gestorben vor zweieinhalb Jahren. Sein Haus sei verkauft, die Witwe nach Lübeck verzogen zu ihrer Tochter. Nur sein Boot läge noch am alten Liegeplatz. Wollte keiner haben. Wieder eine Möglichkeit weniger.

In diesem Augenblick zog die ALOHA am Krabbenschuppen vorbei, der Kapitän am Ruder. Langsam, mit Motor, steuerte sie ihren Liegeplatz an. Matrose und Bootsmann standen an Deck. Keiner hatte einen Blick übrig für die ungewöhnliche Versammlung am Hafen.

Ein bildschöner Oldtimer wäre das, eine wahre Augenweide, ritt der Kommissar wieder sein Steckenpferd. Wasser und allem, was darauf schwamm, galt seine private Leidenschaft. Wem der Kutter gehöre? Den vier Mumien. Der Hafenmeister gebrauchte unwillkürlich den

Spitznamen. Mumien? Na ja, vier alten Seeleuten in Rente, hätten eingefahrene Gewohnheiten, aber ihre Seemannschaft wäre immer noch hervorragend, müsste er zugeben.

„Die gucken wir uns an", sagte der Kommissar, griff zur Zigarette, schüttelte den Kopf, steckte sie wieder weg und machte sich auf den Weg Richtung Schleuse. Der Obermeister klappte sein Notizbuch zusammen. Was sollte das nun wieder? Aber er kannte ja die Vorlieben des Chefs. Auch der Hafenmeister und der Ortspolizist schlossen sich an. Anscheinend hatte der Kommissar sie noch nicht offiziell entlassen.

Mit einem kurzen Rückwärtsmanöver legte sich die ALOHA sanft an den Steg. Bootsmann und Matrose stiegen über, belegten die Festmacher an den Klampen. Der Maschinist strich sich erschöpft über die Stirn und kletterte dann langsam über die Reeling. Der Bootsmann stützte ihn fürsorglich mit seinen starken Armen. Der Kapitän warf noch einen Blick rundum. Hatte alles seine Ordnung? Dann verschloss er die Tür des Deckshauses, reichte dem Matrosen den Aaleimer zu und ging als Letzter von Bord. Wie immer kein Wort.

Der Kommissar trat ihnen in den Weg, wie zufällig. Ein bildschönes Schiff hätten sie. Der Matrose stieß ein kurzes ja heraus. Der Kommissar warf einen Blick in den Aaleimer. Donnerwetter, dreiviertel voll! Wo sie die gefangen hätten? Andere Elbseite, Medemsand. Diesmal quälte sich der Bootsmann die Antwort ab. Sie wollten weitergehen, die vier, als der Kommissar die Hand hob. Da wäre noch etwas, ein Toter am Hafen, ein Mordfall. Darum seien sie hier. Er, der Kommissar, er zeigte auf den Obermeister, und sein Assistent. Nur ein paar Fragen.

Der Kapitän schob sich nach vorn. Die Antworten waren seine Sache. Wann sie losgefahren wären zum Aalfischen? Ungefähr. Drei Minuten nach Mitternacht, ganz genau. Weil die ablaufende Tide eingesetzt hatte. Mit dem Motor? Vielleicht hätte jemand das Geräusch gehört. Der Kapitän schüttelte den Kopf. Mit Segel und ablaufendem Wasser, kein Geräusch. Motor würden sie anwerfen, wenn es gar nicht anders ginge. Das leuchtete dem Kommissar ein, er wäre selber Segler. Ob sie Menschen gesehen hätten im Vorüberfahren? Nein. Die Kajütsfenster der BARRACUDA - waren sie beleuchtet gewesen? Sie würden das Schiff sicher kennen, ein regelmäßiger Besucher des Hafens. Ihr Eigner sei übrigens der Tote, der Ermordete. Nein, kein Licht. Ob sie den Mann kennen würden? Vom Sehen. Mit ihm gesprochen hätten? Nein. Ob sie jemals etwas von Rauschgifthandel in dieser Gegend gehört hätten? Die vier schüttelten die Köpfe. Das wäre alles. Vielleicht ergäben sich später noch Fragen. Wo man sie erreichen könnte? Wüsste hier jeder. Dann gingen sie.

„Ziemlich wortkarge Herrschaften“, sagte der Obermeister.

„Leben in einer anderen Zeit, kann mir nicht vorstellen, dass sie etwas damit zu tun haben“, antwortete der Kommissar. „Jetzt das Boot.“

Der Hafenmeister führte sie an den Liegeplatz. Ob man ihn noch brauche? Nein. Sicher würden noch Fragen auftauchen, aber die könnten warten.

Eine Kunststoffschönheit war die BARRACUDA, ausgerüstet mit allem, was gut und teuer war. Aluminiummast, verchromte Beschläge, Radsteuerung statt Pinne. Man sah, ihr Besitzer hatte auf Ordnung gehalten. Das Deck war sauber, die Segel gut aufgetucht, die Leinen ordentlich aufgeschossen.

Die Kajüte war unverschlossen, das Schiebeluk ließ sich aufschieben, die Einsteckbretter herausziehen. Konnte darauf hindeuten, dass der Mann hier nicht mit unerwünschtem Besuch rechnete oder bald zurückkommen wollte. Innen warmes Mahagonieholz, gemütlich, elektrisches Licht, natürlich aber eine Petroleumlampe als Dekoration. Funk- und Navigationsgeräte auf dem neusten Stand.

Sie durchsuchten mit der Gründlichkeit von Fachleuten, gewohnt, keinen Winkel zu übersehen. Sie fanden nichts. Nichts, was nicht an Bord gehörte. Die Brieftasche lag in dem kleinen Mittelschrank über der Steuerbord-Sitzbank. Roland Meerbusch, Im- und Exportkaufmann, Wedel, Holstein, stand auf einer Visitenkarte. Personalausweis und Führerschein bestätigten das. Dazu ADAC-Karte, ein paar Segelfotos und dreihunderfünfzig Mark in bar. Nichts, was nicht sein durfte.

Danach Krabben und Aal sauer, im „Elbblick", mit des Kaisers Flotte an der Wand. Sie waren die einzigen Gäste. Die Einheimischen kamen erst gegen Abend, und der fremde Gast war tot. Er sei Punkt halb zwölf gegangen wie immer, erfuhren sie von dem Wirt. Auch etwas zu trinken? Ja, zwei Bier, kleine.

Der Obermeister schob den Teller zurück. In dieser Branche sei Ware gegen Cash die Regel. Ein Fender mit Stoff und einer mit Geld, und die würden ausgetauscht. Keine persönliche Begegnung. Das wäre doch die Logik.

Sie gingen alle Möglichkeiten durch. Fall eins. Der Ermordete sei der Lieferant und der Abnehmer sein Mörder. Verständlich, dass er nach der Tat sein Geld wieder mitnimmt. Aber unverständlich, dass er den Stoff liegen lässt, ja sogar den Kopf des Toten darauf bettet – wenn diese Annahme stimmen sollte –, als sollte man ihn finden. Wäre der Fender an Schellhorns Schiff vertäut gewesen, wäre er nicht aufgefallen, und sie hätten den Trick mit der abschraubbaren Kappe nicht herausgekriegt. Sollte der Tote doch daraufgefallen sein? Eine Störung? Der Mörder könnte in Panik geraten sein? Fall zwei. Umgekehrt, der Ermordete war der Abnehmer und sein Mörder der Lieferant. Läuft auf das Gleiche hinaus. Dass er sein Geld mitnimmt, leuchtet ein, aber nicht, dass er die Ware zurücklässt. Er könnte sie noch einmal verkaufen. Sie redeten, sie drehten und wendeten, es gab keinen rechten Sinn.

„Oder“, sagte der Obermeister, „es war alles ganz anders.“

„Oder“, sagte der Kommissar, „es wird wieder einer der Fälle, die zwischen den Aktendeckeln verstauben.“ Er stand auf und rief in den Flur hinein: „Herr Wirt, zahlen, bitte.“

Im Auto redeten sie weiter. Die Obduktion könnte etwas ergeben betreff Todeszeit und Waffe. Wenn tatsächlich der Spleißdorn eines Bordmessers die Mordwaffe war, in einer Gegend wie dieser hätte fast jeder so ein Ding, sogar er, der Kommissar. Nach Wedel mussten sie, die Privatwohnung durchsuchen, sich im Geschäft umsehen. Angehörige befragen. Und diese Fendergeschichte, logisch wäre gewesen, wenn es zwei davon gegeben hätte, die einander genau glichen. Der eine für den Stoff, der andere für das Geld, und das Geschäft wäre durch Tausch erledigt worden ...

Am Nachmittag saßen die vier Alten zur gewohnten Zeit auf der Deichbank. Im Westen zogen Wolken herauf, ein Tief war im Anzug. Der Wind hatte aufgebrist, Stärke vier.

„Wer wird sich um meinen Motor kümmern“, sagte der Maschinist. „Vier Monate gibt mir der Arzt noch, höchstens ein halbes Jahr.“

„Mach dir keine Sorgen.“ Der Kapitän legte ihm die Hand auf die Schulter. „Der Bootsmann macht da schon.“

Eine Woche danach erhielt die Hauptgeschäftsstelle der Deutschen Gesellschaft zur Rettung Schiffbrüchiger in Bremen ein großes braunes Couvert mit einem Stempel von Buxtehude. Zwischen zwei festen Pappdeckeln lagen in vier Stapeln hundertachtzig Tausendmarkscheine und zehn Fünfhunderter. Von Spendern, die nicht genannt werden wollten, stand auf einer Karte.

In siebenundzwanzig Metern Tiefe auf dem Grund des Elbfahrwassers nahe der Tonne P7 lag ein weißer Fender mit blauer Kappe, der innen mit Sand gefüllt war.

# Das Geheimnis

Sagst Du es mir,
dann schwör ich Dir,
will's weder ihm noch ihr –
will's niemandem verraten.
Sagst Du's mir?
Sofort?
Gleich hier?

## *Das Geheimnis*

*Sagst Du es mir,*
*dann schwör ich Dir,*
*will's weder ihm noch ihr -*
*will's niemandem verraten.*
*Sagst Du's mir?*
*Sofort?*
*Gleich hier?*

# SEENOT

*Donnerstag, der 23. Februar 1967.*
Der Vorabend hatte ihn schon angekündigt, und am nächsten Tag war der Sturm über der Deutschen Bucht. In den Vormittagsstunden war er noch nicht ausgewachsen, blies mit sechs bis sieben Windstärken. Aber nachmittags wurde er zu einem wütenden Orkan. Die Nadel des Windmessers auf der Insel Helgoland zitterte um 148 km/h herum, als sie die stärkste Bö anzeigte. Die Wellen wuchsen zu sieben Metern Höhe an, und weiße Gischt flog von den Kämmen. Die See kochte.
Die Funker krochen fast in ihre Geräte hinein. Die Notrufe mehrten sich.
*14 Uhr 40.*
*Mayday!* Der deutsche Fischkutter J. C. WRIEDEN ruft um Hilfe. Er steht mit schweren Seeschäden 45 Seemeilen nordnordwestlich von Helgoland.
Der in Helgoland stationierte Seenotkreuzer ADOLF BERMPOHL macht Schotten und Luken dicht und wirft die vorgewärmten Diesel an. Zehn Minuten später kämpfen vier Männer und ein Schiff gegen den Orkan an nach Nordwesten.
Die ADOLPH BERMPOHL ist eins der drei größten und modernsten Schiffe der Seenotflotte, unsinkbar, unkenterbar, mit der neuesten Technik ausgerüstet. Und zu ihr gehört eine eingefahrere Besatzung. In eineinhalb Jahren haben sie 164 Menschen aus Seenot gerettet und 45 Schiffe in den sicheren Hafen geleitet ...
Die vier Rettungsmänner haben sich im Navigationsraum des unteren Turms festgekeilt, damit sie nicht von den Füßen gerissen werden. Die BERMPOHL wird von den Seen von einer Seite auf die andere geworfen. Das grüne Wasser steigt bis zum halben Turm hinaus. Aber sie schüttelt es ab und boxt sich unverdrossen voran. Paul Denker, der Vormann, guckt durch die rasend schnell rotie-

rende Klarsichtscheibe. Alle anderen Fenster sind von Gischt und Spritzwasser blind.
„Verdammt!" macht sich Paul Denker Luft. Fast vier Stunden lang müssen sie noch knüppeln, bis sie den Havaristen erreichen. Hoffentlich kann er sich so lange über Wasser halten. Dreißig Jahre ist Paul Denker schon in diesem Dienst. Ein erfahrener Mann.
Günter Kuchenbecker, der stellvertretende Motorenmann, hat es aufgegeben, auf den Radarschirm zu stieren. Er zeigt nur Schneeflocken an, weil die Wellen die Antenne abdecken. Eigentlich hätte Günter Kuchenbecker jetzt in der warmen Stube in Büsum sitzen können. Aber Uwe Jessen, seine Ablösung, kam wegen des Sturmes erst eine Stunde nach dem Auslaufen der BERMPOHL mit dem Schiff in Helgoland an.
Auch Otto Schülke, der erste Motorenmann, hat Pech. Heute ist sein 53. Geburtstag! Und es sieht nicht danach aus, als könnte es heute eine Feier geben.
Der Jüngste an Bord, der stellvertretende Vormann Hans-Jürgen Kratschke, steuert den Kreuzer, und das ist bei dieser Bolzerei ein hartes Stück Arbeit. Noch nicht dreißig Jahre alt, hat er schon sein Patent als Kapitän auf großer Fahrt. Eine gute Stunde sind sie unterwegs.
*16 Uhr 14.*
*Mayday!* ruft der holländische Fischkutter BURGERMEESTER VAN KAMPEN.
Norddeich-Radio fängt den Notruf auf, gibt ihn an die ADOLPH BERMPOHL weiter und teilt gleichzeitig mit, dass andere Schiffe in der Nähe der J. C. WRIEDEN stünden, zur Hilfeleistung bereit.
„Also umkehren. Der braucht uns nötiger", entscheidet Paul Denker. Und dann geht es fast den gleichen Weg zurück. Mit Wind und See im Rücken können sie mehr Fahrt laufen. Die VAN KAMPEN hat ihren Standort mit 8 Seemeilen nördlich von Helgoland angegeben und schweren Wassereinbruch gemeldet.

*17 Uhr 13.*
Die BURGERMEESTER VON KAMPEN ist in Sicht. Nur Sekunden sieht man sie, wenn beide Schiffe auf dem Gipfel eines Wellenbergs stehen. Otto Schülke versucht Sprechfunkverbindung aufzunehmen. Es klappt nicht. Im Funkempfänger rauschen und knistern die Störungen, verschlucken Worte und Sätze.
Norddeich-Radio empfängt besser und übernimmt die Vermittlung. Dem Funker an Land läuft der Schweiß, er hat keine Zeit, ihn abzuwischen.
„Bitte wiederholen Sie!" und „Niet verstanden!" geht es hin und her.
„Wir wollen versuchen, die VAN KAMPEN nach Helgoland reinzulotsen. Wir dampfen voraus, und er läuft in unserem Schutz hinterher", lässt Paul Denker von Norddeich-Radio an den Havaristen übermitteln. VAN KAMPEN ist einverstanden.
Der Seenotkreuzer dreht an, wird hart auf die Seite geworfen, richtet sich wieder auf und nimmt Kurs auf Helgoland. Aber die BURGERMEESTER VAN KAMPEN folgt nicht. Sie ist schwer angeschlagen und kann in der hochgehenden See nicht mehr drehen.
Die ADOLPH BERMPOHL kehrt um und kämpft sich zurück.
Auf der VAN KAMPEN steigt das Wasser, wächst die Not. Die drei Männer der Besatzung sind erschöpft und unterkühlt bei 4 Grad Wassertemperatur.
Die Rettungsmänner ahnen, wie es da drüben aussieht, und sie wissen: Lange kann sich der Holländer nicht mehr über Wasser halten. Für das Schiff können sie gar nichts tun. Aber die Besatzung muss von Bord geholt werden!
Die vier auf der BERMPOHL halten kurz Rat und entscheiden gemeinsam: Das Tochterboot wird ausgesetzt! Sie sind bereit, ein verzweifeltes Wagnis einzugehen, um drei Menschenleben zu retten. Und jetzt, wo es darauf ankommt, klappt die direkte Funksprech-Verständigung.

Seenotkreuzer: „BURGERMEESTER VAN KAMPEN – wollen Sie das Schiff verlassen?"
VAN KAMPEN: „Ja, wir wollen dat Schiff verlassen!"
Seenotkreuzer: „Wir setzen unser Tochterboot aus – legen Sie bitte Schwimmwesten an!"
VAN KAMPEN: „Ja, dat hab ich gut verstanden ... Sie kommen mit de kleine Boot ... holen uns ab ..."
Hans-Jürgen Kratschke und Günter Kuchenbecker klettern in das Tochterboot, lassen den Diesel an, schalten das Funksprechgerät ein und geben das Klarzeichen.
„Viel Glück!" murmelt Otto Schülke vor sich hin und drückt den Hebel für das Klappheck nach vorn. Das Tochterboot rutscht aus der Wanne und wird von der nächsten Welle in den Himmel gehoben ... Die beiden Ältesten, die auf der BERMPOHL zurückgeblieben sind, können nur warten und hoffen, dass alles gut geht. Vierzig lange Minuten ...
VEGESACK an BERMPOHL: „Wir – haben – sie!"
So kommt es verzerrt aus dem Lautsprecher. Die beiden Männer auf dem Seenotkreuzer atmen auf. Aber ein schweres Stück Arbeit steht noch vor ihnen: der Rückweg nach Helgoland!
*18 Uhr 19.*
Seenotkreuzer ADOLPH BERMPOHL an Helgoland-Radio: „Habe 5 Seemeilen nordnordost von Helgoland mit dem Tochterboot die drei Mann der BURGERMEESTER VAN KAMPEN übernommen. Kann wegen der groben See mein Tochterboot nicht an Bord nehmen, laufe langsam vor ihm her nach Helgoland." Auf die Frage, ob der Seenotfall aufgehoben werden kann, antwortet die BERMPOHL mit „ja". Danach bricht der Funkverkehr mit dem Seenotkreuzer ab. Aber darüber beunruhigen sich die Funkstellen an Land nicht. Sie wissen, die Männer haben noch einen Hexenkessel zu durchqueren, bevor sie die Sicherheit des Helgoländer Hafens erreichen können.

## Das Unglück

Fünf Seemeilen schafft die BERMPOHL bei glattem Wasser in einer knappen Viertelstunde. Aber heute werden sie froh sein, wenn sie es in einer guten Stunde hinter sich gebracht haben. Je näher sie an die Insel herankommen, desto höher und steiler werden die Seen. Das Sellebrunn-Riff streckt seinen langen Finger zweieinhalb Meilen nach Norden über die Insel hinaus. Und dort steigen die Wellen, vom Riff gebremst, zu riesigen Grundseen, zu fast senkrechten Wasserwänden auf. Und noch etwas macht ihnen die Helgoland-Ansteuerung schwer: Die Sellebrunn-Leuchttonne ist vor zehn Tagen verloschen. Das ist den Männern der BERMPOHL bekannt. Was sie aber nicht wissen: Außerdem ist die Sellebrunn-Tonne nach ostsüdost auf das Riff zu vertrieben. Und um das Maß voll zu machen, ist auch noch die Nathurn-Tonne, die westliche Ansteuerungstonne der Helgoländer Nordeinfahrt, erloschen.

Seenotkreuzer ADOLPH BERMPOHL nähert sich der Einfahrt und dem gefährlichen Riff. Das Tochterboot mit den Geretteten ist zwischen den Wasserwänden nur Sekunden zu sehen. Aber der Lautsprecher meldet ab und zu undeutlich und verzerrt: Wir kommen hinterher!

Gegen 18 Uhr 45 sagt Paul Denker: „Mach den Scheinwerfer an, Otto! Wir brauchen die Sellebrunn-Tonne oder die Nathurn. Sonst kommen wir hier in Teufels Küche.“ Während Otto Schülke mit dem Lichtfinger des Scheinwerfers nach den Tonnen tastet, meldet sich das Tochterboot. VEGESACK an BERMPOHL: „Paul, Ihr müsst die Holländer an Bord nehmen. Sie halten sonst nicht durch. Der Schwerverletzte ist schon mehr tot als lebendig.“

BERMPOHL an VEGESACK: „Versucht längsseits zu kommen. Wir riskieren es. Ende.“

Und zu Otto Schülke sagt der Vormann: „Das wird ein halsbrecherisches Unternehmen, Otto. Aber wir haben keine Wahl.

Wenn sie dicht ran sind, kuppeln wir die Schrauben aus. Dann müssen wir an die Reeling, um sie wahrzunehmen. Allein schaffen sie es nicht."

*Kurz vor sieben Uhr.*

Die Schrauben stehen.

Das Tochterboot tanzt einen wilden Tanz auf den Wellen. Paul Denker und Otto Schülke klammern sich an die Reeling.

Hans-Jürgen Kratschke versucht die VEGESACK an die Steuerbordseite des Kreuzers zu bringen.

Die Geretteten kauern im Cockpit, zu schwach, eine Hand zu rühren.

Die VEGESACK wird gegen die Bordwand der BERMPOHL geworfen ... Und in diesem Augenblick kommt eine riesige Wasserwand von Backbord, wirft sich über den Kreuzer, drückt ihn um neunzig Grad auf die Seite auf das Tochterboot, begräbt Retter und Gerettete unter sich ...

Sieben Männer nahm die See mit und gab sie nicht lebend wieder her.

So könnte es geschehen sein ...

Ob es sich wirklich so zutrug, werden wir nie erfahren. Es gibt keinen lebenden Zeugen, der über dieses Unglück berichten könnte.

Von 19 Uhr 27 an wird der Seenotkreuzer ADOLPH BERMPOHL von den Küstenfunkstellen gerufen. Immer wieder. ADOLPH BERMPOHL meldet sich nicht.

Hubschrauber der SAR starten, um den Vermissten zu suchen. Aber die Nacht gibt den verschollenen Seenotkreuzer nicht her.

*9 Uhr 25, 24. Februar 1967.*

Seenotkreuzer ADOLPH BERMPOHL wird von dem Fahrgastschiff ATLANTIS nördlich von Feuerschiff ELBE I aufgefunden. Treibend, mit abgeknicktem Mast, eingeschlagenen Fenstern, aber auf ebenem Kiel schwimmend. Der Backbord-Seitenmotor läuft noch im Leerlauf ...

Ein Geisterschiff ohne Besatzung. Der Seenotkreuzer ARWED EMMINGHAUS, ein Schwesterschiff, und das Büsumer Rettungsboot RICKMER BOCK schleppen die ADOLPH BERMPOHL nach Cuxhaven ein. Kurz vor Mitternacht meldet ein kleiner Tanker, er habe das Tochterboot gefunden, kieloben treibend, könne es aber wegen der hohen See nicht in Schlepp nehmen.
Am nächsten Morgen, am 25. Februar, nimmt der Fischkutter WITTE BANK die VEGESACK auf den Haken und übergibt sie später dem Seenotkreuzer H. H. MEIER, der sie nach Helgoland einschleppt.
„... Sie sind eingeschlossen in die tiefe Dankbarkeit, die unser Volk denen schuldet, die im selbstlosen und tapferen Einsatz das Gebot der Nächstenliebe erfüllen. Gott schütze alle Ihre Besatzungen." Das sagte Bundespräsident Lübke über die toten Retter zu den Lebenden.

## Der Versuch, ein Rätsel zu lösen

Jedem Unglück auf See folgt eine Seeamtsverhandlung. Tatsachen und Beobachtungen werden gesammelt, um Geschehenes zu erklären:
Um 18 Uhr 19 meldete sich der Seenotkreuzer ADOLPH BERMPOHL zum letzten Mal. Bis zu dem Zeitpunkt ist sein Rettungseinsatz bekannt. Alle Funksprüche sind aufgezeichnet.
Dann kam der schwere Weg nach Helgoland, von dem man nichts weiß. Ein Weg, der nicht in den sicheren Hafen führte, sondern sieben Männern den Tod auf See brachte. Gegen 18 Uhr 45 beobachtete der Leuchtturmwärter Krüß vom Helgoländer Leuchtturm aus zusammen mit dem Hilfswärter Botter ein Fahrzeug, das ein weißes Topplicht und eine grüne Seitenlaterne zeigte. Der Standort war nach Peilung etwa zwischen den Tonnen

„Nathurn“ und „Sellebrunn“. Wenn das Schiff die grüne Seitenlaterne zeigte, musste es von Westen nach Osten gefahren sein. Die Karte sagt: auf das Sellebrunn-Riff zu. Diese Beobachtung währte nur kurz, weil schwere Regenböen die Sicht behinderten. Aber dieses Schiff konnte nur die ADOLPH BERMPOHL gewesen sein, weil kein anderes in der Seeposition gemeldet war.
Die elektrische Schiffsuhr war um 19.00 Uhr stehengeblieben. Ein Zeichen dafür, dass die Katastrophe dann geschehen sein muss.
Als der Leichnam eines Seemannes der BURGERMEESTER-VAN-KAMPEN-Besatzung gefunden wurde, zeigte er schwere Gesichtsverletzungen. Die Obduktion ergab: keine Wasser in der Lunge. Dieser Mann konnte nicht ertrunken sein. Starb er schon vor dem Unglück? War sein Leiden der Grund dafür, dass vier Rettungsmänner der ADOLPH BERMPOHL das Äußerste wagten?
Im Motorenraum des Seenotkreuzers fand man einen Ölrand, den das Bilgewasser an der Steuerbordwand über die Maschine gezeichnet hatte. Daraus schloss man, dass die BERMPOHL durch eine Riesensee von Backbord um fast neunzig Grad auf die Steuerbordseite geworfen wurde.
„... Die auf beiden Schiffen festgestellten Schäden deuten darauf hin, dass mit großer Wahrscheinlichkeit in dem Augenblick, als Seenotkreuzer und Tochterboot mit ausgekuppelten Maschinen in der Nähe der Sellebrunn-Untiefe längsseits lagen, eine gewaltige Grundsee über beide Schiffe zusammengeschlagen ist, die Retter und Gerettete außenbords gerissen haben muss ...
Es kann nicht Sache des Seeamtes sein, die Durchführung solcher Rettungsaktionen in materieller wie seemännischer Hinsicht zu beurteilen. Werden sie doch unter Bedingungen durchgeführt, die außerhalb normaler Beurteilung stehen ...
Hier war die Natur gewaltiger als der Mensch ...“
So steht es im Abschlussprotokoll des Seeamtes Bremerhaven vom 20. April 1967.

## Du kennst den Herrn

Ich kenn einen großen Herrn,
der wechselt sein Gesicht,
schaut morgens kühl und feindlich,
nachmittags katzenfreundlich.
Das weiß man vorher nicht.

Der Herr ist sehr vermögend;
denn ihm gehört die Luft
und tausend Wolkenschlösser
und noch mehr weiße Rösser
und aller Blüten Duft.

Der Herr ist viel auf Reisen,
wie große Herren sind.
Er fährt im Wolkenspänner
und seine schnellsten Renner,
die heißen „Sturm" und „Wind".

Ist jener Herr im Zorne,
dann bullert er und faucht,
läßt grelle Blitze tollen
und Donnerschläge rollen,
bis daß sein Zorn verraucht.

## *Du kennst den Herrn*

*Ich kenn einen großen Herrn,*
*der wechselt sein Gesicht,*
*schaut morgens kühl und feindlich,*
*nachmittags katzenfreundlich.*
*Das weiß man vorher nicht.*

*Der Herr ist sehr vermögend;*
*denn ihm gehört die Luft*
*und tausend Wolkenschlösser*
*und noch mehr weiße Rösser*
*und aller Blüten Duft.*

*Der Herr ist viel auf Reisen*
*wie große Herren sind.*
*Er fährt im Wolkenspänner*
*und seine schnellsten Renner,*
*die heißen „Sturm" und „Wind".*

*Ist jener Herr im Zorne,*
*dann bullert er und faucht,*
*läßt grelle Blitze tollen*
*und Donnerschläge rollen,*
*bis daß sein Zorn verraucht.*

Verlangt dem Herrn nach Regen
gehorcht man ihm. Und dann
dreht flugs die Regensule
in ihrer Wolkenkühle
die große Dusche an.

Und dieser Herr kann zaubern.
Er zaubert weißes Gras,
den Tannen weiße Mützen
und auf die Regenpfützen
noch eine Haut aus Glas.

Der Herr hat Riesenkräfte;
denn er biegt jeden Baum.
Er knetet Wellenberge.
Und Schiffe sind ihm Zwerge.
Aus Wasser schlägt er Schaum.

Du kennst den Herrn. Doch fragt sich,
ob man ihn immer mag.
Die Erde ist sein Vetter.
Er selber heißt „Herr Wetter".
Du siehst ihn jeden Tag.

*Verlangt dem Herrn nach Regen*
*gehorcht man ihm. Und dann*
*dreht flugs die Regenjule*
*in ihrer Wolkenkuhle*
*die große Dusche an.*

*Und dieser Herr kann zaubern.*
*Er zaubert weißes Gras,*
*den Tannen weiße Mützen*
*und auf die Regenpfützen*
*noch eine Haut aus Glas.*

*Der Herr hat Riesenkräfte;*
*denn er biegt jeden Baum.*
*Er knetet Wellenberge.*
*Und Schiffe sind ihm Zwerge.*
*Aus Wasser schlägt er Schaum.*

*Du kennst den Herrn. Doch fragt sich,*
*ob man ihn immer mag.*
*Die Erde ist sein Vetter.*
*Er selber heißt „Herr Wetter".*
*Du siehst ihn jeden Tag.*

# KLAR PAULA DREI

ADOLPH BERMPOHL MELDET: KLAR PAULA DREI!
*Freitag, der 16. August 1985.*
Neunzehn Jahre nach dem Unglück.
Seenotkreuzer ADOLPH BERMPOHL ist heute am Nordende der Insel Sylt im Hafen von List stationiert. Der Rumpf leuchtet weiß, signalrot der breite Streifen am Turm. Ihr Mast gleicht einem Baum mit wildwuchernden Ästen und seltsamen Früchten. Wind und Wetter haben ihre Flaggen zerfranst. Ihr Zeichen ist das rote Hansekreuz im weißen Feld: das Zeichen der Retter!
*12 Uhr 00 mittags.*
Besatzungswechsel.
Vormann Jann Peter Hansen und Hansi, der erste Maschinenmann, klettern an Bord. Vormann Kurt Fischer und Rettungsmann Herbert Brunten packen ihre Taschen und steigen aus. Von den acht Männern der Besatzung sind vier auf Wache auf dem Schiff und die anderen vier auf Freiwache an Land bei Frau und Kindern. Und jeden Freitagmittag werden zwei Männer ausgewechselt.
An Bord liegt nichts Besonderes vor.
Jann Peter trägt den Besatzungswechsel mit Namen und Uhrzeit in die Logkladde ein. Hier lebt man mit der Uhr, mit quakenden Funkgeräten und Lautsprechern über den Kojen. Wenn man die BERMPOHL braucht, muss man sie Tag und Nacht erreichen können.
Hansi zieht den roten Overall an und steigt zu seinen Dieseln in den Maschinenraum hinunter. Er ist Herr über 2400 Pferdestärken in 24 Zylindern. Je 525 PS stecken in den beiden Seitenmotoren und 1350 im starken Mittelmotor. Das sind die Fahrmaschinen.

Dazu kommen noch zwei Hilfsdiesel. Ein großer und ein kleiner für Strom, Hydraulik, Pumpen und Winde. Ohne den großen Hilfsdiesel springen die Fahrmotoren nicht an, schweigen die Funkgeräte, dreht sich die Radarantenne nicht, geht die Heckklappe für das Tochterboot VEGESACK nicht auf. Noch stehen alle Motoren still. Im Hafen holt sich der Seenotkreuzer seinen Strom über einen Landanschluss.
An Deck schließt Dirk Helten den Wasserschlauch an und bringt ADOLPH BERMPOHL auf Hochglanz. Der schwarze Paul legt die Leinen in gleichmäßige Schlingen, schießt sie auf.
Der Nachmittag vergeht, ohne dass man sie ruft.
Nach dem Abendbrot wird unter Deck in der Messe Skat gespielt. Der Gewinn kommt in die Bordkasse, und wenn sie voll ist, laden sie ihre Frauen zu einem Essen ein.
„Norddeich-Radio ruft Motorschiff FRIEDLAND!" meldet sich der Lautsprecher. Der Anruf wird wiederholt. Die Antwort der FRIEDLAND ist nicht zu hören. Dann wieder Norddeich: „Eine freudige Nachricht für Ihren Ersten Offizier Enno Mühlenhaupt: Das Kind ist da! Ein Mädchen. Mutter und Tochter sind gesund. Dazu unseren Glückwunsch."
Die Lautsprecher sind immer dabei. Beim Mittagessen und beim Skat. Das meiste betrifft sie nicht. Wird aber nach ADOLPH BERMPOHL gerufen, hören sie es sofort heraus. Warten auf den Einsatz ist ihr Alltag.
*23 Uhr 00.*
Die Spielkarten werden zusammengepackt. Zeit für die Koje. Jann Peter schaltet kurz das Radargerät zur Überprüfung ein. Die Antenne im Mast beginnt zu kreisen. Auf dem Radarschirm geistern fahlgrüne Irrlichter herum, werden bei jeder Drehung ausgewischt, tauchen wieder auf. Gerät in Ordnung. Jann Peter schaltet ab.

Und nun herrscht Dämmerlicht im Funkraum. Zwei sparsame Lampen werfen einen gelben Schein auf Funkecke und Seekarte. Norddeich-Radio und Seenotleitung Bremen sind auf der Grenzwelle geschaltet und die internationale Notwelle auf UKW, Kanal 16.

Die Technik und Fips, der Bordaffe, übernehmen die Nachtwache.

Die Lister Fischbuden sind leer. An seinem Liegeplatz schläft der Muschelfischer. Auch die meisten Segelyachten schlafen. Die Flaggen hängen müde herunter. Selbst der Wind schläft. Es sieht nach einer ruhigen Nacht für die ADLOLPH BERMPOHL aus.

*03 Uhr 49, 17. August*

Die erste Helligkeit steigt über den Horizont.

„Norddeich-Radio ruft Seenotkreuzer ADOLPH BERMPOHL ..."

Norddeich braucht nicht lange zu rufen, schon hat Vormann Jann Peter das Mikrofon in der Hand.

„Norddeich-Radio, hier ADOLPH BERMPOHL. Was liegt an? Over."

Als er das Mikrofon einhängt, tauchen schon die drei anderen im Funkraum auf.

„Ein dänischer Fischkutter hat einen Netzhaker. 1,5 Meilen südwestlich von der Lister-Tief-Tonne. Wir laufen aus. Werf die Jockel an, Hansi", sagt Jann Peter.

„Verdammt! Müssen die denn ausgerechnet zu dieser unchristlichen Zeit fischen!" beklagt sich Hansi und taucht im Maschinenraum unter, um die vorgewärmten Diesel zu starten. Dirk zieht das Landkabel heraus. Paul wirft die Leinen los. Im oberen Steuerstand stellt Jann Peter den Hebel der Schraubenverstellung auf „Rückwärts" und schiebt die Fahrthebel leicht nach vorn. Langsam gleitet das Schiff über Heck vom Liegeplatz.

*03 Uhr 55.*
Seenotkreuzer ADOLPH BERMPOHL läuft aus. Die See ist glatt. Alle Maschinen gehen voll voraus. Zweitausendvierhundert PS wirbeln drei Schrauben herum. ADOLPH BERMPOHL läuft Höchstfahrt 20 Knoten und zieht einen breiten Kielwasserstreifen hinter sich her.
Im Lister Tief, der Rinne zwischen Sylt und der dänischen Insel Rømø, bei der schwarzen Tonne 11, meldet sich Norddeich wieder: „Unser Däne hat sein Netz allein freibekommen. Er benötigt keine Hilfe mehr."
Seenotkreuzer BERMPOHL kehrt um.
*04 Uhr 41.*
Wieder im Lister Hafen fest. An Norddeich-Radio:
„ADOLPH BERMPOHL klar Paula drei!" So melden sie sich nach jeder Fahrt zurück: Sind im Hafen, klar zum Einsatz.
*07 Uhr 20.*
Frühstück unten in der Messe mit starkem Kaffee, pflaumenweichen Eiern und frischen Brötchen. Den Kaffee hat Dirk gekocht, die pflaumenweichen Eier Hansi, und die frischen Brötchen hat der Vormann vom Bäcker geholt.
*08 Uhr 30.*
„Hier ist Norddeich-Radio. Achtung – die Seenot-Rettungsboote: guten Morgen! Wir rufen den Seenotkreuzer H. H. MEIER!"
Norddeich, wie jeden Morgen, mit dem allgemeinen Anruf. Von Süd nach Nord werden die Seenotboote ihre Wettermeldung abgeben und die Verständigung überprüfen. Als der Seenotkreuzer RUHRSTAHL sich von der Insel Amrum her meldet, steht Jann Peter vom Frühstückstisch auf und geht nach oben in den Funkraum. ADOLPH BERMPOHL ist das nächste Schiff und das letzte an der Nordseeküste.

„Norddeich-Radio ruft Seenotkreuzer ADOLPH BERMPOHL!"
„Hier ADOLPH BERMPOHL, morgen Norddeich!
Klar Paula drei. Ich gebe das Wetter bei uns:
... Himmelsbedeckung: 8(8/8) ... Windrichtung und -stärke: 1302 (130 Grad, 02 Knoten) ..."
Und damit endet die tägliche Frühstücksmelodie.
*09 Uhr 15.*
Seenotkreuzer BERMPOHL meldet sich bei Norddeich zum Tanken ab. Hansi wirft die beiden Seitendiesel an. Zwei Minuten später sind die Leinen los. ADOLPH BERMPOHL läuft aus, um auf der Nachbarinsel Rømø Brennstoff zu tanken. In Dänemark ist der Dieselkraftstoff billiger. Die Deutsche Gesellschaft zur Rettung Schiffbrüchiger, die DGzRS, erhält sich von Spenden und Beiträgen. Sie muss mit dem Pfennig rechnen.
Bis Havneby Hafen sind es 12 Seemeilen. Der Tankwagen ist für zehn Uhr bestellt. Jann Peter nimmt den Mittelmotor noch dazu, um die Fahrt zu beschleunigen.
*09 Uhr 57.*
ADOLPH BERMPOHL macht in Havneby am Kai fest. Der Schlauch wird an den Einfüllstutzen gekuppelt und zwölftausend Liter Diesel fließen in die Tanks. Poul Andersson, der Ölboss mit dem Seeräuberprofil, erzählt den neuesten Witz. Auch das gehört zum Tanken in Havneby. Danach geht es mit Brassfahrt zurück in den Heimathafen.
*11 Uhr 09.*
Meldung an Norddeich-Radio: „ADOLPH BERMPOHL klar Paula drei!" Heute ist der schwarze Paul mit dem Kochen dran. Er bereitet Frikadellen vor. Hansi schält Kartoffeln. Mitten bei der Arbeit ruft jemand vor dem Hafen: „Hallo! Hört uns jemand im List-Hafen? Hallo, Probleme mit Maschine:" Das ist eine hol-

ländische Yacht. Sie musste vor der Hafeneinfahrt ankern, weil ihr Motor streikt.
Keine große Sache, ein Fall für das Tochterboot, dazu braucht man den großen Kreuzer nicht zu bemühen. Paul und Hansi steigen in die VEGESACK ein, slippen ab. Der Holländer wird in den Hafen geschleppt. Knapp zehn Minuten später kann sich Hansi wieder um die Kartoffeln kümmern.
Bald danach wird Dirk am Telefon verlangt: Seine Frau hatte einen Autounfall. Nichts Schlimmes, nur Prellungen. Trotzdem macht er sich Sorgen. Jann Peter telefoniert, und Fiete Kranz, ein freiwilliger Rettungsmann, springt ein. Dirk kann zu seiner Frau nach Hause fahren.
Inzwischen ist der Wind wach geworden. Er bläst mit vier Windstärken, und die Surfer sind unterwegs. Dann wird es wohl bald Arbeit geben.
Unten in der Kombüse passt Paul auf die brutzelnden Frikadellen auf. Oben lehnt Fiete am Schornstein und passt mit dem Doppelglas auf die Surfer auf. Nicht lange, dann sieht er einen, der sein Brett nicht mehr aufrichten kann. Einen Moment nur steht das Segeldreieck aufrecht, im nächsten liegt es wieder flach auf dem Wasser. Das wiederholt sich eine Weile. Schließlich bleibt das Segel liegen.
„Der hat keine Kraft mehr“, denkt Fiete. Und er hat recht: Minuten später schwenkt der Surfer beide Arme über dem Kopf auf und ab.
Fiete eilt nach unten und ruft durch das offene Schott: „Ein Surfer gibt Notzeichen. Wir müssen uns unsere Frikadellen erst noch verdienen.“
„Wo steht er?“ fragt Jann Peter.
„Bei den Seekühen.“

Damit weiß jeder Bescheid. Die Seekühe, eine Gruppe von alten Holzpfählen, stehen im Flachwasser wie Kühe auf der Weide. Paul stellt die Pfanne beiseite und schaltet die Herdplatte aus. Die Frikadellen müssen warten.

*11 Uhr 57.*

Klappheck auf! Hansi legt den Hebel nach vorn. Wieder ein Fall für VEGESACK. Sie gleitet mit Paul und Fiete an Bord aus der Mulde und rundet die Hafenmole. Voll voraus! Hinten schäumt das Schraubenwasser hoch auf, und vorne gibt es ab und zu einen Guss Spritzwasser ins Gesicht. Auf halbem Weg zeigt das Echolot Flachwasser an: 1,9–2,1 – 1,2–0,9 ... Und die VEGESACK hat 0,75m Tiefgang. Jetzt wird es kritisch. Ruder nach Backbord! Sie müssen einen Bogen seewärts steuern, sonst laufen sie auf Grund. Ein Funkruf: „ADOLPH BERMPOHL ruft VEGESACK!"

„VEGESACK hört – over!"

BERMPOHL an VEGESACK: „Wo wollt ihr denn hin? Mehr nach Steuerbord! Der Surfer ist weiter unter Land."

VEGESACK an BERMPOHL: „Das wissen wir. Aber das Wasser wird zu flach. Wir müssen uns im Bogen ranschleichen. Ende."

*12 Uhr 17.*

VEGESACK hat den Surfer erreicht. Maschine stopp! Ein Junge im schwarzen Gummidress liegt erschöpft über seinem Brett. Fiete zieht ihn in das Cockpit hinein und schiebt ihn gleich weiter in die kleine Kajüte. Paul greift mit zu, um Surfbrett und Segel zu bergen. Sie bändigen das flatternde Tuch mit einer Leine und schieben das lange Brett halb in die Kajüte. Trotzdem ragt es noch ein gutes Stück über das Heck hinaus. Für den Transport von sperrigen Gütern ist ein Tochterboot nicht gedacht.

BERMPOHL an VEGESACK: „Habt ihr ihn?"

VEGESACK an BERMPOHL: „Klar, heil und gesund. Ende."
Der Junge ist eben siebzehn, aber groß wie ein Schrank. Aber unterkühlt ist er nicht. Fiete setzt sich neben ihn und schreibt Personalien und Alter auf. Paul kuppelt die Schraube ein, und dann geht es zurück.
*12 Uhr 43.*
Hansi pickt den Haken des Drahtseils ein und lässt die Windentrommel anlaufen. VEGESACK wird an Bord gezogen. Klappheck zu. Das war's.
Auf der Mole drängen sich die Neugierigen. Der Vater des Jungen kommt an Bord und bedankt sich. Er verspricht, der Seenot-Rettungsgesellschaft eine Spende zu schicken, und nimmt seinen Sohn mit.
„Na, hoffentlich vergisst er das nicht", sagt Jann Peter. Er weiß, wie schnell Versprechen vergessen werden, wenn man in Sicherheit ist.
Paul stellt die Pfanne wieder auf die Herdplatte, und zwanzig Minuten später dürfen sie ihre Frikadellen mit Blumenkohl und Salzkartoffeln essen. Niemand will etwas von ihnen.
Nach dem Essen hält Hansi seinen Mittagsschlaf. Der steht ihm mit siebenundfünfzig Jahren zu. Nächstes Jahr will er in Pension gehen. „Mir langt es", sagt er.
Nachmittags ist Segelregatta vor List. Um drei Uhr fällt der Startschuss. Weiße Segel zickzacken nach Süden. Nachdem sie eine Boje gerundet haben, setzen sie ihre buntfarbigen Spinnaker-Ballons und ziehen wieder nordwärts.
„Sieht ja ganz hübsch aus, aber ich halte mehr vom Fischen", sagt Fiete, der ein kleines Motorboot im Hafen liegen hat. „Hättest du Lust zum Segeln, Paul?"
„Segeln? Das fehlte mir gerade noch!" antwortet Paul. „Wenn

ich meinen Freitörn hab, will ich Land sehen und kein Wasser, will meine Tauben füttern, die Rosen beschneiden und endlich meinen Gartenzaun streichen."
Das Telefon klingelt.
„Hier Seenotkreuzer ADOLPH BERMPOHL", meldet sich Fiete.
„Ach, bitte, können Sie meinen Mann Dr. Birkner benachrichtigen?" sagt eine aufgeregte Frauenstimme. „Er muss ins Krankenhaus kommen. Es geht um eine Niere, ich meine, um einen nierenkranken Patienten. Mein Mann segelt die Regatta mit. Es eilt, bitte!"
„Keine Sorge, das kriegen wir schon hin", beruhigt Fiete die Frau. Wenn er nicht gerade als freiwilliger Rettungsmann einspringt, ist er Klempnermeister und den Umgang mit aufgeregten Kunden gewohnt, die einen Rohrbruch im Keller melden. „Auf welchem Boot segelt Ihr Mann denn mit, Frau Birkner?"
„Oh, oh, das weiß ich nicht. Er hat eigentlich keinen Dienst, aber ..."
„Auch kein Problem", unterbricht Fiete sie. „Dann fragen wir eben die Regattaleitung, die muss das wissen." Und die Regattaleitung weiß es tatsächlich: Dr. Birkner segelt auf der Yacht BARRACUDA mit, das ist das Schiff mit dem gelb-blau-schwarzen Spinnaker. Fiete hat den Hörer noch nicht eingehängt, da hat Paul schon das Funkmikrofon in der Hand.
„Seenotkreuzer ADOLPH BERMPOHL ruft Segelyacht BARRACUDA!"
Fünf und sechs Mal ruft er. Aber die BARRACUDA meldet sich nicht. Jetzt ist daraus doch ein Problem geworden. „Was nun?" fragt Fiete.
„Setzt die VEGESACK aus und macht sie wach!" ruft Jann Peter von der Messe her nach oben.

„Aller guten Dinge sind drei“, sagt Paul. „VEGESACK, das Mädchen für alles, ist wieder mal dran.“
Vier Minuten später sind die beiden unterwegs und steuern den gelb-blau-schwarzen Segelballon an. Und als sie da sind, stellt sich heraus, dass die BARRACUDA ihr Funksprechgerät nicht eingeschaltet hat.
Dr. Birkner steigt sofort auf das Tochterboot über. Bei dem Manöver verliert die BARRACUDA ihren Vorsprung. Aber ein kranker Mensch ist wichtiger als ein Regattasieg. VEGESACK an BERMPOHL: „Wir bringen den Doktor mit, Jann. Bestell schon mal ein Taxi!“
BERMPOHL an VEGESACK: „Geht in Ordnung – Ende.“
*16 Uhr 25.*
Tochterboot slippt auf. Dr. Birkner steigt in ein wartendes Taxi und braust ab.
Der Fall „Niere“ ist erledigt. Jedenfalls für den Seenotkreuzer ADOLPH BERMPOHL.
Bis zum späten Abend passiert nichts mehr. Viertel vor elf ruft Frau Hansen ihren Mann an und erkundigt sich, wie der Tag verlaufen ist.
„Eigentlich nichts Besonderes“, antwortet Vormann Jann Peter Hansen ...

Der Star,
der hungrig war ...

Als
zur Winterszeit
die Welt verschneit
und der Rauhfrost klirrte, da schwirrte
ein Star,
der hungrig war
dem Dorfe zu.

Auf halbem Weg,
beim Bach, am Steg,
traf er Hans Klein,
der ganz allein
zur Schule ging.

Da rief der Star
der hungrig war:
"'n Tag auch, Hans Klein!
Hast Du nicht ein
Stück Brot für mich?
In diesem Jahr
sind für den Star
besonders schlechte Zeiten."
"Das seh ich ein",
sagte Hans Klein,
nahm den Ranzen,
griff hinein,
zog sein Pausenbrot
heraus und bot

## *Der Star, der hungrig war ...*

*Als zur Winterzeit*
*die Welt verschneit*
*und der Rauhfrost klirrte,*

*da schwirrte*
*ein Star,*
*der hungrig war*
*dem Dorfe zu.*

*Auf halbem Weg,*
*beim Bach am Steg,*
*traf er Hans Klein,*
*der ganz allein*
*zur Schule ging.*

*Da rief der Star,*
*der hungrig war:*
*„'n Tag auch, Hans Klein!*
*Hast Du nicht ein*
*Stück Brot für mich?*
*In diesem Jahr*
*sind für den Star*
*besonders schlechte Zeiten."*
*„Das seh ich ein",*
*sagte Hans Klein,*
*nahm den Ranzen,*
*griff hinein,*
*zog sein Pausenbrot*
*heraus und bot*

dem Star der hungrig war,
die Hälfte an.
"Wunderbar," lobte der Star,
„solch großes Stück!
Hab ich ein Glück!"
Er aß es auf
und gleich darauf
pfiff er ein Lied:
„Düdelüt, düdelüt!"
Der Starendank
war zwar nicht lang,
doch ließ Hans Klein
ihn gelten,
weil ein Starenpfiff zur Winterszeit
so ungewöhnlich selten.

*dem Star, der hungrig war,*
*die Hälfte an.*
*„Wunderbar“, lobte der Star,*
*„solch großes Stück!*
*Hab ich ein Glück!“*
*Er aß es auf*
*und gleich darauf*
*pfiff er ein Lied:*
*„Düdelüt, düdelit!“*
*Der Starendank*
*war zwar nicht lang,*
*doch ließ Hans Klein*
*ihn gelten,*
*weil ein Starenpfiff zur Winterszeit*
*so ungewöhnlich selten.*

## Walter Jens

# ‚De is een Schriever': Dank an Boy Lornsen

*‚De is een Schriever'*, pflegte Boy Lornsen zu sagen, wenn es ihm darum ging, im Kreis der Kollegen, der Toten und der Lebenden, jemanden ins Licht zu rücken, der sich in besonderer Weise auf Handwerkskunst und exakteste Arbeit verstand.

*‚De is een Schriever'*, das heißt soviel wie: Bei *dem* (oder *der* natürlich) ist alles im Lot, da stimmt die Erzählperspektive, da gibt's keine Brüche in der Personenbeschreibung, da werden Silben gezählt und Rhythmen berechnet, da ist der Wechsel jener Töne, die sich nicht im platten Einerlei zueinanderfügen dürfen, kenntnisreich kalkuliert.

*‚De is een Schriever'*: Ein höheres Lob gab es nicht, am Gurtstig zu Keitum auf Sylt, wo der Hausvater (denn das ist, gut lutherisch, Boy Lornsen gewesen) wieder und wieder darauf verwies, dass ein Schriftsteller so besonnen und verlässlich wie ein Baumeister und Bildhauer vorgehen müsse: Keine Kurve zu krumm, keine Gerade zu langweilig!

Handwerk sah sich an Handwerk gemessen, und der Meister vieler Künste kannte in der einen Kunst sowenig ein Pardon wie in der anderen. Dilettanten, die das Genie herauskehrten, aber den Unterschied zwischen männlichen und weiblichen Endungen nicht kannten, waren ihm von Grund auf suspekt. Künstler, die sich auf Inspiration herausredeten, galten ihm als Brüder Leichtfüße, die, im Faltenwurf daherstolzierend, zu verbergen suchten, dass sie so nackt waren wie der König in Andersens Märchen.

Boy Lornsen hingegen, ein Connaisseur alten Schlages, hielt es lieber mit Fontane, zumal in den Jahren, da sein Leben sich neigte: „In der Jugend ist man dreister, mag nicht die Zunft der Handwerksmeister. Jetzt ist mir der Alltag ans Herz gewachsen und ich halt es mit Rosenplüt und Hans Sachsen."

Je älter er wurde, Boy Lornsen, desto strenger wurden die Forderungen, die er an sich stellte; der berühmte Satz: „Nun, es muss ja nicht alles über alle Maßen sein" zählte für ihn nicht. Noch das kürzeste Gedicht war so zu formulieren, dass der Autor, wenn er das Buch zuklappte, seinen Zuhörer getrost fragen durfte: „Na du, was sagst du nu?"

Das Applaudieren war mitgebracht; der Poet, einerlei ob er hochdeutsch oder platt schrieb, antizipierte beim Schreiben das Echo auf Seiten seiner aufmerksam lauschenden Hörer. Boy Lornsens Texte wollen vorgetragen sein – erst dann bemerken die Erstleser so gut wie die erfahrenen Kenner, mit wieviel Raffinement und Spaß an den behutsamen, nie schrill vorgetragenen Pointen in der Klause gearbeitet worden war: nie für den Schreibtisch (allenfalls für den Papierkorb), nie für die Ewigkeit, sondern immer für die Schulstube, den Lesesaal, die Buchhandlung, in der diskutiert wurde, für die Freunde und, dies zuerst und zuletzt, für Margot, seine Frau: jenes Idealbild einer Zuhörerin, die auch der hundertsten Lesung von Texten, die sie nahezu auswendig kannte, mit Spannung und Entzücken folgte niemals gelangweilt und in keinem Augenblick dem Dargebotenen mit jener „Passion" folgend, die viele Dichterfrauen unerträglich macht. Nein, Margot Lornsen wusste, dass die Texte, je nach der gegebenen Situation und dem Adressatenkreis, immer neu, frisch und ursprünglich wirkten. Wenn Boy Lornsen las, in der Stube unterm lilanen Weidemann-Bild, dann geschah Abend für Abend ein Wunder: Die „Schöpfung“ zum Beispiel büßte durch keine Wiederholung an sinnlicher Überzeugungskraft ein, – ganz im Gegenteil! Wenn er las, dieser unvergleichliche Mann, dann spürten die Zuhörer: Hier ist einer mit sich im Reinen; hier sprudelt empor, ganz leicht und elegant, was vorher am Schreibtisch mit Hilfe der „Pumpen und Röhren“, von denen Lessing spricht, zutage gebracht werden musste.

Kein Wunder, dass auch gestandene Pädagogen den Gast, wenn er in ihre Schule kam, beneideten: Mein Gott, diese Leichtigkeit im Umgang mit den Kindern, die Stunde für Stunde ein *da capo* verlangten, von dem Lehrer nur träumen können, – unvergesslich der Tag, da ein behindertes Kind uns umarmte, Inge und Walter Jens, und mit leuchtenden Augen vergessen machte, dass seine Sprache kaum modulationsfähig war: Nur das „Danke“ war hörbar. ‚Danke, dass ihr uns diesen Mann gebracht habt, der wie ein Wundermann zeichnend erzählen und erzählend zeichnen kann!‘

In Boys kleiner Schreibstube, angefüllt mit Büchern, die er am liebsten las – von Fontane bis Agatha Christie –, wenn er, nach mühsamen Lesereisen zwischen Schleswig-Holstein und der Schweiz, einen Tag „auf See“ ging: Also nicht aufstand, sondern sich‘s wohl sein ließ am Ende der Mühen, ... In der kleinen Schreibstube hob sich die Grenze zwischen Realität und Phantasiewelt auf.

Da gab's, denke ich, keine Unterschiede zwischen den wirklichen und den erdachten Figuren, Maike Ossenbrüggen, die Nachbarin, und Georg Krohn oder Willi Fett (auch Ovambo natürlich, dieser liebenswürdige Anglophile mitsamt seinem tieftraurigen Ende) waren, im Gedankenreich des großen Beobachters und Erfindungskünstlers Boy Lornsen, nicht voneinander getrennt, – und was die Landschaft angeht, die Friesenwelt um ihn herum, so präsentiert sie sich gleichfalls auf zweierlei Weise: Hier die sichtbare Welt („... von den strengen Linien der Deiche eingefasst, öffnet die Elbe ihren weiten Trichter und schiebt einen bleigrauen Wasserkegel in die Nordsee ...") und dort, ihr verschwistert, ranggleich und gedankennah, die Welt, in der Brillen-Numsen, Döbel Nagel und Moppel Pannemann im Dithmarscher Kohlparadies, auf der Höhe von Friedrichskoog III, ihre Schulspäße treiben, ehe – wiederum auf die Untrennbarkeit der Ebenen verweisend – die Wirklichkeit – die historische, nicht die poetische – die Figuren einholt: „Als Erster ging (im Krieg) Moppel Pannemann aus der Klasse, um nie wiederzukommen: vermisst."

Wohin immer man blickt: Nähe und Ferne gehören in Boy Lornsens Werk zusammen als *Realität*, die nach der Nordsee schmeckt, und als *Mythos*, der das Wirkliche ins Zeichenhafte der Dichtung erhebt: Hemingway und Melville grüßen von fernher, über den Ozean hinweg, wenn Georg Krohn, dieser bescheidene und humane Bruder des von Dämonen gejagten Captain Ahab, zum letzten Aalfang ausfährt.

Aber ist er am Ende, die Heimat verlassend, nicht auch ausgefahren – unser Boy Lornsen – in seinen biblischen Geschichten *„Sien Schöpfung"* und *„Jesus vun Nazareth. Een Stremel*

*Weltgeschicht*": zwei Büchern, die die „Summe" seiner schriftstellerischen Existenz sind und für die Ernte stehen, die er am Ende eingebracht hat: das Haus war bestellt, als er es verließ ... Ist er, frage ich, *die Welten trennend*, nicht auch ausgefahren unter die Himmel und ins Heilige Land, fern, fern der friesischen Landschaft? Nichts unsinniger als eine solche Behauptung! Ein Zauberwerk gelang. Der *Schriever* kehrte in Palästina ein und blieb gleichwohl nah an den heimischen Meeren. Jericho ließ Brunsbüttel nicht vergessen; wenn die Osterzeit beschrieben wird, „da unten" in Jerusalem, dann leuchtet der Himmel über Schleswig-Holstein: „Weer Ostertied. De Büsch und Bööm kleed sik to de Fier in Gröön. De Lammer sprungn op te Weid": Sind wir in Jesu Land oder zwischen Keitum und Morsum? Die Frage ist falsch gestellt: Wir sind, dank Boy Lornsens Fabulierkunst, die das Getrennteste in einer großen Synopse zusammenfügt, hier *und* dort. „De Gorns bestellt und dat Koorn seit. Gottes Welt weer soweit kloor und sett sien Hööp op dat nieg Johr."

Kein Wunder, so betrachtet, dass Gottvater eher einem bodenständigen Handwerksmeister gleicht – einem, dem der Erzähler, das Metier des Schöpfers sehr genau kennend, bei der Arbeit über die Schulter schaut: Ihm, dem Patriarchen aus dem Morgenland, der zwar alles kann, aber in den Details seines Geschäfts nicht ganz so zu Haus ist wie sein *alter ego* aus Friesland, sodass Boy Lornsen, rasch die „Kiebitz"-Rolle verblassend, ihm die Hand führt: „Toeers wöhl he so'n ganz groot Lock. He drück und dreih und schoov und trock dat groot Lock as'n Pötter, jümmer grötter, jümmer grötter, bit an de Ünendlichkeit (de he bloot alleen versteiht)."

Man sieht, hier wird Gott in gleicher Weise ins Heimische geholt wie das Personal der biblischen Geschichten bei Martin Luther: dort nach Sachsen, hier, bei Boy, dem Steinmetz-Poeten, in eine Werkstatt, die nah der dänischen Grenze liegen mag. Komme also keiner und sage, die Darstellungsweise in der Schöpfungsgeschichte sei allzu vertraulich. Wer so redet, weiß nichts von der verlebendigenden Annäherungskunst der Poesie – und bekäme es darüber hinaus mit dem Reformator zu tun, der Noah zu seinem Zeitgenossen macht, den eine einzige große Frage quält: Wohin mit all dem Mist in der Arche? (Antwort: Nur frisch aus dem Fenster gekippt! „Durch ein Loch von einer Leipziger Elle geht hinaus, was da will.")

Wir haben oft über Luthers unbekümmerte Adaptionen biblischer Vorgänge gesprochen, Boy und ich: Die herbeigeschafften Zitate machten ihm Mut, das Damals ohne Skrupel ins Heute zu kehren: „Ich acht auch", heißt es in der Kirchenpostille von 1522, „Maria hab sich selbst nit so bald vorsehen ihrer Geburt, sie wäre sonst vielleicht in Nazareth blieben. Nun denk, was mögens für Tuchle gewesen sein, da sie ihn einwickelt, vielleicht ihr Schleier oder was sie mögen entbehren an ihrem Leibe?... Daß sie aber in Josephs Hosen sollt ihn gewickelt haben ... das laut (denn doch) allzu lügerlich und leichfertig."

Keine „Einschüchterung durch Klassizität" also, lautete Boy Lornsens Devise, als er im biblischen Rahmen seine Zeitsprünge inszenierte, aber auch keine dreiste Annäherung, keine plumpe Vertraulichkeit, die eine vorgängige (und erst mit Hilfe der Poesie herzustellende) Einheit von Perfekt und Präsens vortäuscht. Das Gestern wollte vielmehr so dargestellt sein, dass es das

Heute *mit*-bedeutete – ein Hier und Jetzt, das sich in seiner bunten Vielfalt präsentiert, sehr norddeutsch, mit Meer, Ebbe und von Lebewesen bevölkert, die zu Gottes Ruhm ein Lornsensches Symphoniekonzert intonieren: „Dor schull loopen, krupen, klattern, bölken, snuben, jiffeln, snattern, dat schull juchen, dat schull klingen, allns müsst sin Lobleed singen. Groot und lütt un lang und kort – jedween kreeg sin Eigenoort."

Ja, das klingt so leicht, so spaßig und verspielt und ist in Wahrheit doch Fassung für Fassung umgeformt worden, ehe es am Ende jenen letzten Schliff erhielt, der das sauer Erarbeitete ins Anmutige umwandelte. Vergessen das Laut-Sprechen der Zeilen am Schreibtisch, vergessen der harte metrische Dienst – oft an der Seite des Freundes: „Boy, da ist ja wieder ein Trochäus, ein Jambus muss her: *da dàmm* und nicht *dámm da* – dazu das Studieren grammatikalischer Kniffe und Tricks, die dem Pointieren nützlich sind: „De Wal woor groot, de Stint man lütt, de Hummer garstig, (Aufgepasst jetzt!) platt de Bütt" – und nicht etwa, in korrekter, aber langweiliger Korrespondenz – „de Bütt platt".

In der Tat: Sie verdienen schon genauestes Lesen, die Lornsen'schen Texte, mit ihren überraschenden Einsprengseln, witzigen Verfremdungen und munteren Gegenläufigkeiten, wo plötzlich Worte wie „fünscheneern", „verdeffendeern" (verteidigen), „brummküseln" und „poverté" für Abwechslung in jenem Grundschema sorgen, das sich, in der *„Schöpfung"* nicht anders als im *„Jesus"*-Buch, durch den *einen* Grundgegensatz von arm und reich, bescheiden und hochmütig, fromm (im alten Sinn von ‚wacker', ‚gut', ‚gerecht') und arrogant, von demütig und zerstörerisch manifestiert.

Da werden die biblischen Texte „von unten her", aus der Sicht der Mühseligen und Beladenen angeschaut, der kleinen Leute, nicht der großen Herren, deren Treiben dazu führen könnte, dass die Schöpfung widerrufen wird. Immer wieder sieht sich, zumal im „*Jesus*"-Buch, die Gemeinschaft zwischen dem Herrn, der kein Herr war, und den gesellschaftlich Preisgebenen – auch den Sonderlingen, Georg Krohns und Ovambos Ahnherren, ins Blickfeld gerückt: „Jesus kümmert sik um Lüüd, de veracht weern, nix bedüüd: de Kunterlöörs (weern Stüürindriever), de Fahntjes (weern lichtfarig Wiewer)." ‚Fahntjes'! – ein ostfriesisches (!) Wort – heißt Flittchen. „Und he seet ok oftens ünner gemeen Volk un arme Sünner. Ok de Fruuslüd harrn sien Ohr. He geev ehr Ehr, se harrn dat swoor."

*Se harrn dat swoor:* Solidarität mit den Geringsten, die im Kind, das im Stall geboren und nicht – als Säugling von Adel und künftiger „Schinner" – mit Kanonensalut, festlicher Beflaggung und großer Visite in der Welt willkommen geheißen wird ... Solidarität mit denen, die im Dunkel sind und nicht im Licht, fungiert als Leitmotiv des letzten – und kühnsten – Buchs Boy Lornsens, seinem Vermächtnis, mit der radikalen Absage an die großen „Hänse", die aus Gottes Schöpfung eine *cloaca maxima* machen und ihren Vorfahren in jenem reichen Mann haben, der dank des armen Lazarus zu Gottes Gespött wird.

Antithesen wohin man blickt: Hüben die Gesetzestreuen, drüben der Samariter, hier die Hochmögenden geistlicher und weltlicher Art, dort die Schäfer mit der „Piep", die inmitten des himmlischen Glanzes *verbiestert* auf ihren Knien liegen und die drei Weisen aus dem Morgenland, die das Kind – wie lange hat

Boy um diese Formulierung gerungen, die sich am Ende als die einzig mögliche erwies – *„lütt Herr“* anreden, um derart zugleich zärtliche Zuneigung und Ehrfurcht gegenüber dem *anderen* zu demonstrieren: Jesus, dem nahfernen Wanderer zwischen dem Stall und dem Galgen, aus der Geborgenheit von Bethlehem in die Ödnis der Schädelstätte kommend, wo jene Schinderknechte ihr Mordgeschäft praktizieren: die – mit einer exakten Inständigkeit ohne Beispiel beschrieben – als Zimmerleute des Satans fungieren: „Mit Homer, Nogels un ehrn Maat weern se fört Geschäft paraat. De Arms utbreed und lang de Been, so'n smeerig Lappen mang de Tähn, den nakelt Liev, ohn Ehr, ohn Stolt, mit sößtoll Nogels an dat Holt, dör beide Fööt, dör beide Hänn.“

Im *„Jesus“*-Buch gibt es Abschnitte, die mit Tränen gebeizt sind – Abschnitte, die ihre herzbewegende Anschaulichkeit wiederum – wir kommen dem Kunstprinzip des späten Boy Lornsen auf die Spur – durch Gegenszenen gewinnen, in denen das Kleine und Alltägliche triumphiert: Passagen, da von *„Kleddaasch“* und *„Bagaasch“* die Rede ist und Jesus und Petrus sich miteinander in salopper Seemannssprache unterhalten: „(Jesus) sä: ‚Versöökt nochmal'n Pull, denn kriegt ji wiß de Netten vull.‘ Petrus, den een Boot tohöör, meen: ‚Ick seh keen Schangs dorfär.‘“

In der Tat, die Sprache, Boys geliebtes Platt, bringt's an den Tag: Mit wieviel Kunstverstand wird zwischen hochpathetischer Beschwörung, der Warnung in letzter Stunde an Menschen, die dabei sind, sich selbst auszurotten, und witzig-saloppen Wendungen gewechselt: Da erscheint Luthers „Vierfürst“ als „Herodes Twee, Söhn vun de, de murksen de“, und was Pilatus angeht, so schickt er Jesus eben zu jenem Mann, weil er glaubt ... ja, was glaubt er? Im Neuen Testament steht davon nichts, wohl aber bei Boy Lornsen, der sich um der dramatischen Zuspitzung der Szenen nie vor knapper Ausdeutung und plastischer Variation des überlieferten Texts scheut: „An den Adress (von Herodes) schick he em wieder und dacht, nu weer he ut'n Snieder."

Zu umgangssprachlich, diese Skatspieler-Wendung? Nochmals: Wer so denkt, der schlage die Urfassung der Luther-Bibel auf; da findet er im Buch Samuel den Satz: „Und Saul ging hinein, um zu scheißen": wortgetreu übersetzt! Boy, ich erinnere mich gut, klatschte in die Hände, als ich ihm die Stelle vortrug: *Applaus*, Doktor Martinus! – freilich ein Beifall nur für kurze Zeit. Als es an den Druck ging, verließ den Reformator die Courage und er *verbesserte* – ach, er tat's nicht! – „scheißen" durch die Wendung: „die Füße decken", was soviel bedeutet wie: „auf das heimliche Gemach gehen".

Eine unvergessliche Zeit: Nie haben Boy Lornsen und Walter Jens, die sich ihre Werke zweimal im Jahr vorlasen (die Frauen, natürlich, dabei) so leidenschaftlich zusammengearbeitet wie in der Zeit der Niederschrift des *„Stremels Weltgeschicht"*.

Und dabei schien eine Zeitlang schon alles verloren; Boy verlor die Lust, die Wundertaten langweilten ihn, die theologischen Traktate, das Wechselspiel von Gesetz und Evangelium betreffend, erst recht ... dann aber! Ja, dann vergaß ich kurz vor der Abreise in Kampen meinen Mantel. Boy und ich setzten uns ins Auto, holten den Paletot und hatten in einer knappen Stunde, zwischen Keitum, Kampen und Westerland, die Geschichte geordnet: Geburt und Tod, ‚Vater unser' und ‚Seligpreisungen', große Gleichnisse aus dem Lukas-Evangelium: *fini*! Wir umarmten einander, das Schlimmste war überstanden, die Konzeption erwies sich als stimmig, kein Stocken mehr, sondern zügige Arbeit: Was nicht passte: will heißen, wozu dem *Schriever* nichts einfiel, fiel unter den Tisch; Monotones wurde szenisch gegliedert, Typen gewannen rasch ein individuelles Porträt und – das Wichtigste – bei allen Abschnitten, die eine uneingeschränkte Identifizierung erlaubten, wurde in die Vollen gegriffen, so, wie es in der Wechselrede zwischen dem verlorenen Sohn und seinem Vater – „Dat Vadderhuus! De Weg torüch!" – geschieht, dem Mittelpunkt einer Beschreibung, die wiederum nur unter Tränen zu lesen ist. „Vadder, se he, hier steiht een, de is nich wert, dien Söhn to ween, arm as'n Bessenbinner, dat Geld verdoon. Hier steih'n Sünner. Lot mi blieven as dien Knecht. Blot blieven! Mir is allns recht. De Vadder sä: Komm an min Hart. De wiede Welt, de hett di narrt. Hauptsook is, wi hebbt di trüch. He slach en Kalf, geev em nieg Tüch, und de verlorn Söhn woor fiert."

Das, denke ich, ist ein Text, der in jedem Lesebuch stehen sollte: ein Hohelied der Versöhnung, wie es ergreifender nicht vorstellbar ist. *Vadder, uns Vadder, lütt Herr*: Wie anders nimmt sich das Vertraute in plattdeutscher Version aus: Licht, Innigkeit, Zuneigung statt des erlernten Rituals; *Du – uns Vadder in Heven:* Da strahlt, mit Ernst Bloch zu reden, der Wärmestrom auf, und die Gebetsformeln verwandeln sich in die zärtliche Sprache der Kinder, die ihrem Vater, der kein strafender, sondern ein mit den Geschlagenen leidender Gott ist, vertrauen.

Unser Exemplar, vermacht in Keitum am 20. Oktober 1994, trägt die Widmung: „Für Inge und Walter, dankbar, den Paten! Wenn er den Mantel nicht vergessen hätte ..."

Die Mantel-Stunde, ja: *Einmal* konnte ich Boy, der mir über die Jahre hinweg beistand, der *Schriever* dem *Schriever*, eine Winzigkeit zurückgeben: *„Door geiht de Weg lang, min Söhn!"* Gleichwohl, ich bleibe in seiner Schuld: wenn ich mich an ihn erinnere, an ihn und seine leisen Winke, die auf Taubenfüßen daherkamen: wenn ich an die letzten Begegnungen denke, es ging aufs Sterben zu, aber wir wussten es nicht, sondern sprachen von den Aufgaben unserer Kunst in widriger Zeit, und wenn ich die Worte wiederhole, die Margot galten, der *Einen*: „Wir wollen auch den letzten Weg *mit Anstand* gehen", dann mischt sich Trauer mit großer Dankbarkeit: der Verpflichtung gegenüber meinem Freund, dessen Humanität uns bezaubert hat – die Menschlichkeit eines *Schrievers*, von dem mit einer Variation von Fontanes Worten zu sagen ist, nicht pathetisch, sondern in der Form einer nüchternen und wahrhaftigen Feststellung: Dieser Mann war uns über – ein Doppel-Künstler hohen Grades, Poet und Plastiker, über dessen Leben und Werk die Worte gesetzt werden mögen, die er in seinem letzten Buch Jesus von Nazareth zuerkannte und die in gleicher Weise für ihn, Boy Lornsen, zutreffend – ein Grabspruch, der von niemandem bestritten werden kann: *He nöhm nich: He geev.*

Rüm Hart klaar Kiming

## SÖL'RING FORIINING E.V.

„Der Zweck des Vereins ist die Erhaltung und der Schutz von Brauchtum, Küsten, Landschaft und Denkmälern auf der Insel Sylt für die Freunde der Insel und als Heimat der Sylter"
Aus der Satzung von 2003

Die Söl'ring Foriining, der Sylter Verein, ist der größte nordfriesische Verein mit rund 1.500 Mitgliedern. Die Söl'ring Foriining ist gemeinnützig und kümmert sich um die Belange des Brauchtums, des Küsten- und Landschaftsschutzes sowie der Denkmalpflege. Seit ihrer Gründung im Jahre 1906 gehören die Pflege der Sprache, der Bräuche und der Kultur der Insel Sylt zu den zentralen Aufgaben der Vereinigung. Sichtbarer Ausdruck dafür sind die vier bestehenden musealen Einrichtungen der Söl'ring: Das „Altfriesische Haus" und das „Sylter Heimatmuseum" in Keitum, das archäologische Denkmal „Großsteingrab Denghoog" in Wenningstedt und die historische Entenfanganlage „Kampener Vogelkoje".

Nunmehr hat der Verein einen Plan zur Neukonzeption der Sylter Museen initiiert. Ziel ist die Sanierung der Liegenschaften und die Überarbeitung und Erweiterung der Museumslandschaft. Damit soll das kulturelle Angebot auf Sylt qualitativ und quantitativ verbessert werden.

Neugierig geworden?
Ihre Fragen beantworten wir gern!
Unterstützen und fördern Sie die Söl'ring Foriining
durch Ihre Mitgliedschaft im Verein.

**Söl'ring Foriining e.V.**
Am Kliff 19a, 25980 Keitum/Sylt, Tel. 0 46 51-3 28 05
www.soelring-foriining.de